LITERATURE
AND
ART
STUDIES
SERIES

文艺研究 小丛书 (第四辑)

"星"与"空"：中国科幻的当代想象

陈舒劼 ◎ 著
李松睿 ◎ 编

文化藝術出版社
Culture and Art Publishing House

图书在版编目（CIP）数据

"星"与"空"：中国科幻的当代想象 / 陈舒劼著；李松睿编. -- 北京：文化艺术出版社，2025.3.
（文艺研究小丛书 / 张颖主编）. -- ISBN 978-7-5039-7685-8

Ⅰ.I207.42

中国国家版本馆 CIP 数据核字第 2024MF0135 号

"星"与"空"：中国科幻的当代想象
《文艺研究小丛书》（第四辑）

主　　编	张　颖
著　　者	陈舒劼
编　　者	李松睿
丛书统筹	李　特
责任编辑	刘锐桢
责任校对	董　斌
书籍设计	李　响　姚雪媛
出版发行	文化艺术出版社
地　　址	北京市东城区东四八条52号（100700）
网　　址	www.caaph.com
电子邮箱	s@caaph.com
电　　话	（010）84057666（总编室）　84057667（办公室） 　　　　　84057696—84057699（发行部）
传　　真	（010）84057660（总编室）　84057670（办公室） 　　　　　84057690（发行部）
经　　销	新华书店
印　　刷	国英印务有限公司
版　　次	2025年3月第1版
印　　次	2025年3月第1次印刷
开　　本	787毫米×1092毫米　1/32
印　　张	4.875
字　　数	80千字
书　　号	ISBN 978-7-5039-7685-8
定　　价	42.00元

版权所有，侵权必究。如有印装错误，随时调换。

总　序

张　颖

2019年11月,《文艺研究》隆重庆祝创刊四十年,群贤毕集,于斯为盛。金宁主编以"温故开新"为题,为应时编纂的六卷本文选作序,饱含深情地道出了《文艺研究》的何所来与何处去。文中有言:"历史是一条长长的水脉,每一期杂志都可以是定期的取样。"此话道出学术期刊的角色,也道出此中从业者的重大使命。

《文艺研究》审稿之严、编校之精,业界素有口碑。这本质上源于编辑者的职业意识自觉。我们的编辑出身于各学科，受过严格的学术训练，在工作中既立足学科标准，又超越单学科畛域，怀抱人文视野与时代精神。读书写作，可以是书斋里的私人爱好与自我表达；编辑出版，是作者与读者、写作与出版的中间环节，无时不在公共领域行事，负有不可推卸的公共智识传播之责。学术期刊始终围绕"什么是好文章"这一总命题作答，更是肩负着学术史重任，不可不严阵以待。本着这一意识做学术期刊，编辑需要端起一张冷面孔，同时保持一副热心肠，从严审稿，从细编校。面对纷繁的学术生态场，坚持正确的政治导向，保持冷静客观的判断；面对文字、文献、史实、逻辑，怀着高于作者本人的热忱，反反复复查证、商榷、推敲、打磨。

我们设有相应制度，以保障编辑履行上述学术史义务。除了三审加外审的审稿制度、五校加互校的校对制度，每月两度的发稿会与编后会鼓励阐发与争鸣，研讨气氛严肃而热烈。2020年5月，在中国艺术研究院各级领导大力支持下，杂志社成立艺术哲学与艺术史研究中心。该中心秉持"艺术即人文"的大艺术观，旨在进一步调动我刊编辑的学术主体性与能动性，同时积极吸收优质学术资源和研究力量，推动艺术学科体系建设。

基于上述因缘，2021年年初，经时任文化艺术出版社社长的杨斌先生提议，由杂志社牵头，成立"文艺研究小丛书"编委会。本丛书是一项长期计划，宗旨为"推举新经典"。在形式上，择取近年在我刊发文达到一定密度的作者成果，编纂成单作者单行本重新推出。在思想上，通过编者的精心构撰，使之整体化为一套有机勾连的新体系。

编委会议定编纂事宜如下。每册结构依次为总序、编者导言、作者序、正文。编者导言由该册编者撰写，用以导读正文。作者序由该册作者专为此次出版撰写，不作为必备项。正文内容的遴选遵循三条标准：同一作者在近十年发表于《文艺研究》的文章；文章兼备前沿性与经典性；原则上只选编单独署名论文，不收录合著文章。

每册正文以当时正式刊发稿为底稿。在本次编撰过程中依如下原则修订：（1）除删去原有摘要或内容提要、关键词、作者单位、责任编辑等信息外，原则上维持原刊原貌；（2）尊重作者当下提出的修改要求，进行文字或图片的必要修订或增补；（3）文内有误或与今日出版规范相冲突者，做细节改动；（4）基本维持原刊体例，原刊体例与本刊当前体例不符者，依当前体例改;(5)为方便小开本版式阅读,原尾注形式统改为当页脚注。

编研相济,是《文艺研究》的优良传统。低调谨细,是《文艺研究》的行事作风。丛书之小,在于每册体量,不在于高远立意。如果说"四十年文选"致力于以文章连缀学术史标本,可称"温故",那么,本丛书则面对动态生成中的鲜活学术史,汇聚热度,拓展前沿,重在"开新"。因此,眼下这套小丛书,是我们在"定期的取样"之外,以崭新形式交付给学术史的报告,唯愿它能够为读者提供一定帮助或参照。

编者导言

李松睿

作为一名学术期刊的编辑,每天处理的常规工作之一,就是阅读编辑部所收到的自然来稿。通常情况下,我每个工作日大概要阅读三四篇自己分管领域的稿件。虽然并不是每篇论文都需要细致阅读才能判断其学术价值,很多时候也可以依靠外审专家的帮助对稿件质量进行评估,但长年累月如机器一般阅读无穷无尽的论文,还是免不了让人时不时产生出职业性的倦怠。毕竟,在当下"我发表故我存在"的学术生态里,毕业、考核、结项、职称、评奖乃至参加学术会议等一系列压力或诱惑，让很多学者不得不匆匆忙忙地"制造"出一篇又一篇论文。有些时候，并不是灵感的勃发或学术表达的冲动促使研究者动笔写作，而是发表的压力逼着学者们在书桌前奋笔疾书。这就使得很多论文虽然观点明晰、材料扎实、引证丰富、逻辑严密、注释详尽，却往往语言板滞，看不出作者鲜明的个性和独具特色的问题意识。翻检这样的自然来稿多了，有些时候会让编辑觉得自己的工作简直称得上是沙中拣金。因此，偶然间在众多自然来稿中发现一篇令人兴奋的好文章，是期刊编辑职业幸福感的重要来源之一。我与舒劼兄的相识，正是源自那样一个幸福的时刻。

记得大概是2015年某个夏日的午后，当时的编辑部主任李香云老师分配给我一摞自然来稿，我对其进行简单登记后就开始审读这批稿件。在阅读过程中，一篇名为《想象的折叠与界限——20世纪90年代以来的中国科幻小说》的论文和一个陌生的名字"陈舒劼"出现在眼前。最初，我只是按照往常的工作习惯，迅速浏览了文章的标题、摘要以及结语等内容。不过一旦开始阅读正文，仅仅读了两三个自然段，我就发现这位作者的文字极为流畅，读来有节奏感，行文带有个人风格，字里行间蕴藏着强烈的吸引力，抓住读者继续阅读，本来有点儿昏昏欲睡的头脑立刻清醒过来。我突然意识到,手中的这篇文章或许是一篇值得格外关注的自然来稿。接下来,把文章认真读过一遍后,整个下午持续工作的疲惫感都消失了,只为发现了一篇好文章而异常兴奋。这篇论文从宏观视角出发,对20世纪90年代以来的中国科幻文学的叙述方式做了极富创见的概括,并有力地分析了创作中存在的弊病及其背后的社会根源。更为难能可贵的是,这篇综论性质的文章虽然并不涉及对具体作品的讨论,但出于论证的需要,仍列举了大量科幻作品,而且每提及一部作品,只用寥寥数语,就能干净利落地勾勒出小说的创作特色和思想倾向,显示出作者对科幻文学创作现场的熟稔和对文本分析的功力。我当即给舒劼写邮件,沟通进一步打磨、修改等事宜。这篇文章后来也得到编辑部同人的一致认可,顺利通过二审、三审,最终在2016年4月正式发表。由此,我和舒劼建立了非常愉快的合作关系,又陆续编发了他的多篇论文。

阅读舒劼的文章,给人印象最深刻的是两个特点。首先是他能够将复杂、深刻的理论思考凝练为某个贴切、生动的意象。例如,在《"长老的二向箔"与马克思的"幽灵"——新世纪以来中国科幻小说的社会形态想象》一文中,舒劼提出的核心观点是：科幻文学创作存在着一个重要症候，即科幻小说家对未来科技的描绘极富想象力和前瞻性，但对社会形态的想象却颇为保守，往往不超出历史上曾经出现过的几种有限的政治模式。为了更好地讨论这个话题，他从刘慈欣的长篇小说《三体》中，提炼出"长老的二向箔"这个意象。于是，由能够对整个太阳系实施降维打击的"二向箔"所表征的未来科技，和由"长老"所代表的原始部落制社会形态，就在同一意象中被整合起来，贴切、形象地说明了整篇文章的主题。今天，很多探讨文学问题的论文都因为过分理论化有时会显得僵化、生硬，甚至面貌可憎。而舒劼的论文却能够用带有文学性的笔法、意象分析理论问题，自然会给读者留下深刻的印象。

其次是舒劼论述语言的风格平和、谦逊，但在分析文学现象、批评作品优劣时，文字背后总是隐藏着他坚定的立场和态度。例如，在《想象的折叠与界限——20世纪90年代以来的中国科幻小说》一文中，舒劼通过分析中国当代科幻小说的叙事模式，探讨其中存在的模式化、套路化问题："阅读20世纪90年代以来的中国当代科幻小说，不时会撞见某些通俗类型文学中常用的叙述方式。以主人公身份出现的男性科学家大多既是腰缠万贯的公司首脑，又拥有影响国家机器运行的能力;科学怪人无论拥有高出普通人多少倍的智力水平,却始终受限于普通人的情感伦理困境;伴于男性主人公身边的女性往往兼具智慧、美貌、纯情和温婉,不管是作为助手、情人或是同行,都承载着欲望倾泻与灵魂救赎的双重功能;无论小说叙事展现的现象如何光怪陆离,总能有一种自圆其说的科技解释;一项科学技术的突破,通常总会导致大规模的生态灾难或伦理尴尬。诸如此类的叙述方式使科幻小说无法逸出类型文学的范畴。探寻科技视角下的伦理限度或宇宙想象,是科幻小说凸显其特征和魅力的固有主题,而科幻小说中大规模存在的僵化的叙事套路,才是真正束缚想象腾空的羁绊。"在这段文字中,研究者以克制、平和的理论化语言分析文学创作现象,但字里行间却潜藏着中肯的批评。在当下文学批评界一团和气的氛围中,这样有着真知灼见的批评尤其令人欣喜。记得有一次编辑部讨论杂志上的好文章,一位同事谈到《"黑暗森林"还是"自由人联合体"》这篇文章时,忽然来了一句:"我猜陈舒劼这人可能有点儿'蔫坏',有些地方他表面上这么写,但他想的可能是另外一回事!"这位同事所说的"蔫坏"当然没有贬义,她阅读舒劼文章的感受,或许就来自平和的理论化文字与鲜明的批评态度形成的反差。

自从与舒劼相识以来，我与他通过邮件、微信有过无数次沟通，可惜一南一北相距甚远，回忆起来，似乎只有三次见面深聊过。第一次是舒劼来北京到中央党校参加培训，正好我家离中央党校不远，对这位优秀作者又神交已久，听说后赶紧联系请他吃饭；第二次是几年之后我到福州参加中国现代文学研究会年会，他听到消息后，和几个朋友一起到酒店房间找我聊天；第三次则是2023年年底借着去福州开会的机会，与他在公园漫步。几次见面都匆匆忙忙，我作为轻度"社恐症"患者也有些不善言辞，双方交流不够深入，但舒劼本人还是给我留下了很深的印象。所谓"文如其人"，用在他身上非常妥帖。他有着南方人的瘦削、干练，说话不徐不疾，语调温和，有着热情、真挚的眼神，特别是眉宇之间透着一股认真劲儿，一看就是做学问的好材料！幸亏有这三次见面，我才了解了舒劼的求学经历、师承以及兴趣爱好，让我在文字之外，对他有了更加立体的认识。让人颇为感慨的是，第一次见面时，舒劼看上去很年轻，交谈时的神态也显得很轻松，而第二次见面时，他的头发比起几年前竟然白了不少，整个人的状态有些紧张，似乎有很多工作等着他去做，让我有些暗自吃惊。我猜测，在北京参加培训之后，单位可能给舒劼安排了更重要的事务性工作，他又是个特别认真、办事周到的人，自然会有些疲惫。好在，尽管工作很辛苦，但他非常勤奋，从来没有放松对学术的追求。与他相识后的这些年，总能在各类报刊上，拜读、学习他的宏文，更是不断听到他的好消息：荣获第九届唐弢青年文学研究奖、入选中国现代文学馆客座研究员、入选《南方文坛》"今日批评家"……希望这本《"星"与"空"：中国科幻的当代想象》能够让更多的读者认识这位优秀的文学研究者。

作者序

陈舒劼

星空是科幻的经典意象,千百年来,无数好奇而炽热的目光曾投向夜空中的星光。深邃而阔大的星空孕育了太多的经典科幻想象,向太阳系飞来的没有厚度的"二向箔"、被人类命名为"罗摩"的外星空心圆柱体、一块在地球和地球之外多次出现的神秘的黑色石板、能统治整个银河系的帝国等,星空始终是未知大于已知的存在,散发着神秘而迷人的气息。

星空为科幻想象所提供的,不仅是空间背景或形象内容。

科普知识已经宣布,映入人们眼帘的星汉灿烂,实际上是难以计数的星球花费百千亿年编织的壮阔景象。那些托付给星空的深情,难以掩盖我们对星空的陌生。就人类当前的科技力量而言,牧宇耕星更多的是表达雄伟的志向,绝大多数的"星"是需要想象才能触碰的他者,"星"意味着那些尚未为人所知、可能是大概率异于地球状况的存在。那些遥远而陌生的"星"上是否有文明?那些文明以怎样的状态存在?能给地球文明怎样的启示?"星"是他者,需要在相互关联的体系中才能识别或指认,这种相互联系就是"空"的隐喻所在。星与星之间的相互关联形成了星空,尽管这种关联肉眼难以捕捉,可无论是东方的二十八星宿还是西方的八十八星座,都是对星与星之间、星星与地球之间关系的想象与描绘。这些想象包含部分已知的物质相互作用——如天体间的引力,也寄托了太多有关人类未来的期待——其他的文明有着怎样的社会形态?人类社会的未来朝向何方?"夜长人自起,星月满空江",这些问题显然不能在一夕之间就形成某种稳定的共识。星空的"空"绝非空空如也,而是隐喻着认识他者、发现他者之间的关联、分析这种关联的改变及其改变的前提等系列问题意识。问题的"显"与"隐",如同星光的闪烁与夜空的沉默一般充满有趣的张力。

这就是近年来我阅读中国当代科幻想象时常生出的感觉与念头。这些念头以若干主题为切入口,形成了一些中国当代科幻小说研究的论文。我何其有幸,这些文章先后有四篇被《文艺研究》接纳:《想象的折叠与界限——20世纪90年代以来的中国科幻小说》《"长老的二向箔"与马克思的"幽灵"——新世纪以来中国科幻小说的社会形态想象》《"黑暗森林"还是"自由人联合体"——20世纪90年代以来中国科幻小说的命运共同体想象》《隐身人:科幻小说人物塑造的隐喻、想象与挑战》。其中,《"长老的二向箔"与马克思的"幽灵"——新世纪以来中国科幻小说的社会形态想象》还获得了第九届唐弢青年文学研究奖和《新华文摘》的全文转载。《文艺研究》编辑部尤其是李松睿老师的鼓励,一直敦促我不能懈怠,现在编辑部又给我入选"文艺研究小丛书"的机会,自是倍感温暖。愿借这皎洁星光,继续前行。

目录

001 想象的折叠与界限

  ——20世纪90年代以来的中国科幻小说

026 "长老的二向箔"与马克思的"幽灵"

  ——新世纪以来中国科幻小说的社会形态想象

060 "黑暗森林"还是"自由人联合体"

  ——20世纪90年代以来中国科幻小说的命运共同体想象

093 隐身人：科幻小说人物塑造的隐喻、想象与挑战

想象的折叠与界限
——20世纪90年代以来的中国科幻小说

一

既有的中国当代文学研究格局中,科幻文学无疑长期游离于焦点之外。在一些被广泛讨论和使用的中国当代文学史教材里[1],

---

[1] 这些教材包括洪子诚的《中国当代文学史》(北京大学出版社2010年版),陈思和主编的《中国当代文学史教程》(复旦大学出版社1999年版),董健、丁帆、王彬彬主编的《中国当代文学史新稿》(人民文学出版社2005年版),陈晓明的《中国当代文学主潮》(北京大学出版社2009年版),朱栋霖、丁帆、朱晓进主编的《中国现代文学史(1917—1997)》(高等教育出版社1999年版)等。

能时常看到将"女性文学""新生代""新写实"等分别属于性别、代际、主题等不同分类范畴的元素纳入文学史结构的努力，却很难在其中看到"科幻文学"的身影。当代科幻文学的早期文本给出了一个显而易见的解释：从20世纪50年代到80年代中期，科幻文学基本被视为儿童文学的从属，而儿童文学又通常被当代文学史忽略。尽管1978年叶永烈的科幻小说《小灵通漫游未来》初版即创造了160万册的发行量纪录，但仍然无法吸引当代文学研究者专注地探究。伤痕、反思、寻根、先锋、新写实、新历史，重波叠浪的更替似乎已经为文学史提供了足够的素材。

科幻小说得以进入当代文学史的视野，或者说它能在20世纪90年代以来当代文化的大变局中显示出自己的意义，必须归功于这一时期文化场域重构所带来的观念解放。文学撤出意识形态生产的核心战场后，回归为文化艺术的诸种表现形态之一，而在西方消费文化观念刺激下兴起的大众文化则迅速接管了此前精英文学留下的高地，科幻文学就是这股力量的主力之一，这种趋势在21世纪之后越发明显。在西方科幻文化的影响下，20世纪90年代初的大众读者中诞生了一批科幻文学的拥趸，王晋康、刘慈欣、何夕、韩松、钱莉芳、飞氘、七月、长铗、陈楸帆等科幻作家的次第出现就顺理成章了。

置于20世纪90年代以来文学时空坐标轴中的科幻文学，无疑更多地受到共时性文化因素的影响。全球化进程和网络数字技术不断升级，为中国科幻创作提供了充足的来自异域的科幻养分。现代科技的飞速发展打开了文学想象的空间，许多历史性题材被重释或再造，强调主体间复杂关系的空间思维主导了强调历史进化必然性的时间思维。从当代文学的全局来看，20世纪90年代以来的科幻文学不能被简单地解释成对当下现实的想象性重构，在关于"科技"和"未来"的叙事中，聚集着众多当代的认同焦虑。作为当代文学类型分支的科幻叙述无法摆脱时代及主流文学的隐形控制，它以类型文学特有的符号、叙述规则和思维模式，树立起当代认同间相互冲突、叠加、渗透、生产的文学镜像。

"所有的未知之地都既是经验又是想象。"[1]在科幻小说勾勒出的想象之境中，不难找到其坚实的经验基础。达科·苏恩文指出："从根本上看，科幻小说是一种发达的矛盾修饰法，一

---

1 〔英〕丹尼·卡瓦拉罗：《文化理论关键词》，张卫东等译，江苏人民出版社2006年版，第165页。

种现实性的非现实性,要表现人性化的非人类之异类,是根植于这个世界的'另外的世界',如此等等。"[1]仅以王晋康的科幻小说为例,就可以发现诸多与时代同步的认同焦虑:《替天行道》浓缩了对全球化背景中无所忌惮的跨国资本扩张的愤慨;《黄金的魔力》借用插入心脏且与之融为一体的金条讽刺物欲对人性的掌控;《沙漠蚯蚓》认为生态危机管控的努力反而会因为技术进步而失效;《三色世界》预言种族等级观念有可能随着科技发展而愈加明显;《终极爆炸》担忧技术进步始终无法克服其自身携带着的民族认同分歧的风险。卡尔·弗里德曼直言科幻小说就是对其所处时代的社会记载,二者之间有着"最强劲的联系":"科幻小说的主题和社会理论的主题通常是并行不悖的……科幻小说的内容经常受到现代社会理论观点的影响……科幻小说的叙事结构所遵循的原则使得科幻小说比其他风格的小说更接近符合社会历史变迁和发展的革命的辩证法……将来历史学家是会对我们这个时代里想象的文学和

---

[1] 〔加〕达科·苏恩文:《科幻小说变形记》英文版原序,丁素萍等译,安徽文艺出版社2011年版,第12页。

现代社会理论之间最紧密的联系做出一番探究的。"[1]弗里德里克·詹姆逊则言简意赅地指出，熵就是一个非常经典的19世纪晚期的资产阶级神话。[2]科幻写作为现实之喻的观点在中国也得到呼应，近几年刚加入科幻文学队伍的陈楸帆即用"薄码"来比喻科幻作品对现实的诗化再现："一、科幻是一种对世界的观照方式，就像一面滤镜，把现实经过扭曲加工进行重现，就像打上一层马赛克，但又不远离到无法理解的程度，是为薄码；二、相对于伸手不见指的'厚码'现实来说，科幻有时反倒能说出几句真话，理清一些常识，拨开重重迷雾，以一种逻辑自洽的诗意来还原这个宇宙，是为薄码。"[3]不难发现，20世纪90年代以来的科幻文学叙事同样是许多当代焦虑的镜像。

近二十年来科幻小说叙事中的"当代性"，并非仅仅指涉时间意义上的"当下"，它更意味着文学经典主题的历时性融

---

[1] [美]卡尔·弗里德曼：《最强劲的联系：科幻小说即社会记载》，载王逢振主编《外国科幻论文精选》，重庆出版社2008年版，第170—172页。
[2] 参见[美]弗里德里克·詹姆逊《未来考古学：乌托邦欲望和其他科幻小说》，吴静译，译林出版社2014年版，第354页。
[3] 陈楸帆：《如果码，请薄码》，载陈楸帆著，成追忆编选《薄码——陈楸帆科幻小说选本》，百花文艺出版社2012年版，第1—2页。

汇及其当代重构，这是一个复杂的将历史再"空间化"的过程，隐藏着丰富的问题性。勒菲弗指出："空间是政治性的、意识形态性的。它是一种完全充斥着意识形态的表现。"[1] 空间的意识形态性通过关系的生产鲜明地表现出来，有研究指出："空间既包含事物，又包含着事物间的一系列关系。空间生产不仅体现在空间的生产上，也体现在空间所包含的社会关系的生产。"[2] 强调 20 世纪 90 年代以来科幻小说叙事的"当代性"，就是强调其认同观念的关系性生产，以及对此的关系性思考策略。诸多历经时光磨洗的文学经典主题，同样注入了近二十年来科幻小说的叙述之海。借助科幻文学的想象工具，长生不老、现实与真实、重构历史、人类的起源与极限、宇宙的边界等经典主题不断逼问自身被重置于当代时空后的认同困境。

二

相比于 20 世纪 50 年代到 80 年代的科幻创作，90 年代以

---

[1] [法]亨利·勒菲弗：《空间与政治》（第二版），李春译，上海人民出版社 2008 年版，第 46 页。
[2] 童强：《空间哲学》，北京大学出版社 2011 年版，第 35 页。

来科幻小说的想象空间明显扩大,最直接的原因显然是自然科学技术日新月异的发展——科技是科幻小说中阿基米德撬动地球的支点。借助科技之翅,想象能飞翔多远?这是科幻小说的魅力所在。从宇宙大爆炸的洪荒之初,到宇宙热寂的时间尽头,科幻小说赐予想象无穷的权力。自20世纪40年代美国所谓的科幻黄金时代启幕以来,经典的科幻形象令人目不暇接。然而弗里德里克·詹姆逊却一针见血地指出,科幻小说的想象力并没有看起来那么蓬勃有力:"关于它的正确描述实际上应该是,作为一种叙事的方式和知识的形式,它并不能使未来具有生命力,哪怕是在想象中。相反,它最深层的功能是一再地证明和渲染,尽管我们具有表面上看起来很充分的表现,但实际上对于想象和象征化地描述未来我们还是无能为力。"[1]科幻小说的"无能为力"显然源于当代现实的认知困境,20世纪90年代以来的科幻小说也并未逸出这种想象的危机。历史、当下与未来的时空折叠,就是其醒目的征候之一。

发生在这一时期科幻小说中的时空折叠,是其植根于当代

---

[1] [美]弗里德里克·詹姆逊:《未来考古学:乌托邦欲望和其他科幻小说》,吴静译,译林出版社2014年版,第380页。

性的具体表征。对时空折叠的简略性描述就是：由于科幻因素的介入，历史与未来之间的路径不再遵循进化或发展的逻辑，而是体现出某种本质意义上的重复或等质。飞氘的《苍天在上》这样概括宇宙历史："总之，从一切复杂向单一过渡。表面上看，这是一种退化，实际上却符合宇宙的精神发展趋势，因此退化就是一种进化。"[1] 在这个意义上，未来成为过去的回放。《苍天在上》展示出的，是历史与未来的辩证否定式的形式折叠。在时空折叠的成像效果中，未来时常宛如历史的复印，而历史同样可能受制于来自未来的指示。20世纪90年代以来的科幻小说明显地折射出历史与未来折叠之时，源于当代的许多认同困惑。无论历史与未来如何相互渗透，它始终受到当代及其认同的主导与制约。在此意义上，科幻小说不过是当代焦虑的某种模拟实验："最典型的科幻小说并没有真正地试图设想我们自己的社会体系的'真实的'未来。相反，它的多种模拟的未来起到了一种极为不同的作用，即将我们自己的当

---

[1] 飞氘：《苍天在上》，载《中国科幻大片》，清华大学出版社2013年版，第19、28页。

下变成某种即将到来的东西的决定性的过去。"[1] 包含着诸多困惑与想象的当代意识，既是未来的决定性的过去，也是过去的必然性的未来。

《三体》是体现20世纪90年代以来科幻小说文本时空折叠特性的重要范本。这厚重的三部曲奠定了刘慈欣在中国当代科幻界的核心地位。2015年8月23日，刘慈欣凭借《三体》（英文版第一部）获第73届雨果奖最佳长篇小说奖，这是亚洲人首次获此荣誉，也表明中国当代科幻文学得到域外同行的高度认可。《三体》从"文革"时代起笔，直达近两千万年之后的人类的尽头，想象性的未来叙事自然占据了绝大部分文本空间。人类及其所处宇宙如何缓慢而无法逃逸地化为灰烬，以及人类面对必然覆亡之宿命时的悲壮抵抗，构成了这部小说的主体。叶文洁、罗辑、章北海、泰勒、雷迪亚兹、希恩斯、程心、托马斯·维德、云天明等数代人类文明的代表以各种不同的方式试图保存人类在宇宙中的生存权，却最终无法阻止人类的毁灭。然而，《三体》并非通过人类的必然覆亡来体现历史、

---

[1] ［美］弗里德里克·詹姆逊：《未来考古学：乌托邦欲望和其他科幻小说》，吴静译，译林出版社2014年版，第379页。

当下与未来的同质性,导致《三体》时空折叠特性的关键因素是叶文洁按下向外太空智慧发出信息的按钮,而触发这个动作的,则是叶文洁对于人性善的绝望。若非叶文洁在"文革"中看不到人性的曙光,那么她向宇宙发出地球的讯息以及随后的所有情节都不会展开。叶文洁的绝望——"他人即地狱"——作为《三体》的原点,在第二部中变形为"猜疑链",在第三部中被表述为"失去兽性,失去一切"[1]。至于采用政治斗争、"水滴"还是"二向箔"来消灭他者,则是工具选择层面上的事情,打死叶哲泰的红卫兵和二向箔的操纵者之间原本就没有什么差异。正是在"他人即地狱"的意义上,《三体》的"文革"时期、危机纪元、威慑纪元、广播纪元、银河纪元、黑域纪元和647号宇宙时间线纪元,实现了同质性的叠加。

虽然《三体》对"他人即地狱"的理解有些简单,但这部作品中的时空折叠仍然颇有代表性地呈现出当代思潮对科幻小说的影响。贝西埃认为,"当代小说拷问人类的行为本身,人类自身的问题比以往任何时候都严重。问题学已经成为当代性的重要组成部分",在此意义上,"当代小说也是各种价值

---

[1] 刘慈欣:《三体Ⅲ·死神永生》,重庆出版社2010年版,第382页。

观的媒介"。[1]《三体》很容易令人联想到"新时期"的反思文学,但它包括了对本体论、神学、伦理学的诸多询问。相比之下,同样呈现出明显的时空折叠特征的韩松的《地铁》和《高铁》等作品,更突出地表现"恶托邦"思想的主导性。换句话说,"恶托邦"是折叠韩松科幻作品时空的主要因素。在《地铁》和《高铁》中,空虚、仇视、冷漠、怀疑、怨恨的情绪浸透字里行间,而正是"恶托邦"通过高科技导演了这一切。《高铁》通过乘客舞器之口说:"形成利益共同体后,技术不透明了。为了对圈内每个成员保密,技术信息得不到传播……"[2]这些技术都没有问题,问题在于,一旦把它们组合在一起,就会出问题,这是大家都知道的,却都不说。而在《地铁》中,C公司的"C"意味着控制、包纳、计算、循环,S市的"S"意味着顺从、承受、幸存、屈服,它们的联合"涵盖了天基、地基和海基"[3]。在技术控制和人性恶的双重作用下,韩松笔下的列车在不停地生长、膨胀的同时,上演着无休止且无节制

---

1 史忠义:《后现代之后的当代性观念及其对现代性危机因素的消解》,载〔法〕让·贝西埃《当代小说或世界的问题性》译者序,史忠义译,北京大学出版社2012年版,第10页。
2 韩松:《高铁》,新星出版社2012年版,第35页。
3 韩松:《地铁》,上海人民出版社2011年版,第94页。

的欲望、衰老、残杀、变异和灾难，从而形成一个自主的宇宙。就在此刻，"地铁"和"高铁"在象征时间之时，也取消了时间存在的意义：地铁／高铁及其附属系统囊括了人类的初始、当下与未来，它们之间并无分别。韩松曾坦言："交通工具令我心中不禁会涌上对于整个人类生活的幻灭感，以及随之而来的深深忧伤，令我在疑虑中重新思考我们存在的意义和价值。"[1] 这种疑虑贯穿了历史与未来，当下即是想象未来的极限。

与刘慈欣和韩松以某种思想来同化其小说的叙事时空不同，钱莉芳的科幻叙事更愿意以未来嵌入远古的方式来表现时空折叠。无论是《天命》还是《天意》，都不难从中概括出"古老即是先进，神秘即是万能"的叙事规律。这两部以西汉初年为背景的小说，将人类历史诠释成外星高等智慧的产物，并由此展开关于"天命"或"天意"的推导。《天意》说："没有人知道九天玄女是何方神圣，或许她和蚩尤都不属于我们的世界，他们不过是过客，借我们这些凡人之手彼此较量，解决他们之间的恩怨。"[2]《天命》则将自尧而起的中华文化重构为

---

[1] 韩松：《高铁》，新星出版社2012年版，第374—375页。
[2] 钱莉芳：《天意》，时代文艺出版社2014年版，第253页。

外星"神族"参与和影响的结果，但无论是谁主导或推动历史，"任何对既定规律的改变，都会遭到一种更为强大的力量的报复。那就是真正的'天命'"[1]。"天命"作为宇宙规律并不体现在每一个时空细节之中，但钱莉芳的历史重构体现了未来嵌入远古的某种可能，至少汉初典籍留下了这种时空折叠的空间。长铗的《昆仑》采取与钱莉芳相似的释古模式，创世之初一团混沌的世界，正因外星人乘"星槎"造访而建立起人间的秩序，河图洛书、易卦与幻术在这种诠释之下成为外星文明的证据。

三

时空折叠作为科幻文学结构文本的常用手法之一，同时也在发出这样的警示：作为一种类型文学，科幻小说的叙事模式可能存在着许多固定的套路或设置，进而圈限想象的活动空间。许多科幻小说的研究者乐于归纳科幻叙事的主题，阿西莫夫将经常出现的科幻小说主题归纳为时光旅行、永生、机器

---

[1] 钱莉芳：《天命》，时代文艺出版社2011年版，第246页。

人等二十八种[1]，而罗伯茨认为科幻小说就是四种形式的总和："空间（到其他世界、行星和星系）的旅行故事、时间（到过去或者未来）的旅行故事和想象性技术（机械、机器人、计算机、赛博格人以及网络文化）的故事。还有第四种形式——乌托邦小说。"[2]这些分类与其说是科幻小说的主题归纳，还不如说实际上指向科幻小说的叙事定式。阿西莫夫所说的二十八种主题，在表明科幻文学想象的宽度的同时，也可能喻示着科幻文学想象的限度。

阅读20世纪90年代以来的中国当代科幻小说，不时会撞见某些通俗类型文学中常用的叙述方式。以主人公身份出现的男性科学家大多既是腰缠万贯的公司首脑，又拥有影响国家机器运行的能力；科学怪人无论拥有高出普通人多少倍的智力水平，却始终受限于普通人的情感伦理困境；伴于男性主人公身边的女性往往兼具智慧、美貌、纯情和温婉，不管是作为助手、情人或是同行，都承载着欲望倾泻与灵魂救赎的双重功

---

[1] 参见〔美〕艾萨克·阿西莫夫《阿西莫夫论科幻小说》，涂明求等译，安徽文艺出版社2011年版，第78—85页。
[2] 〔美〕亚当·罗伯茨：《科幻小说史》序言，马小悟译，北京大学出版社2010年版，第2页。

能；无论小说叙事展现的现象如何光怪陆离，总能有一种自圆其说的科技解释；一项科学技术的突破，通常总会导致大规模的生态灾难或伦理尴尬。诸如此类的叙述方式使科幻小说无法逸出类型文学的范畴。探寻科技视角下的伦理限度或宇宙想象，是科幻小说凸显其特征和魅力的固有主题，而科幻小说中大规模存在的僵化的叙事套路，才是真正束缚想象腾空的羁绊。罗伯特·斯科尔斯在追溯科幻小说的根源时指出："传奇世界和经验世界之间的严重脱位表现在不同方面，最明显的一种方式，是人们为了增加叙述规则的力量而置自然规律于不顾，这其实是人们以表达愿望和恐惧的形式所体现出的人类心灵的映射。"[1] "增加叙述规则的力量"准确地形容了90年代以来科幻小说的叙事方式，它不仅弃置了自然规律，同样简化了原本繁复多彩的人性世界。

叙事方式的僵化和强势，与近30年文学所面对的认同困境息息相关。科幻小说想象的模式化表征，总归是受到价值困惑或强或弱的制约。就像如来掌中的孙猴子，想象的筋斗云看

---

[1] [英] 罗伯特·斯科尔斯、弗雷德里克·詹姆逊、阿瑟·B. 艾文斯等：《科幻文学的批评与建构》，王逢振等译，安徽文艺出版社2011年版，第23页。

似瞬间能纵横十万八千里，但认知困惑的五指山就是他无法逾越的界限。仅是泛而论之，20世纪90年代以来的中国当代科幻小说就至少存在着以下两种突出的认同疑惑。

第一，技术文明发展中的道德尴尬。在技术进步的大背景下，许多小说都展示了人类生存发展过程中旧道德体系被轻易碾轧的场景。《三体》第二部《黑暗森林》中，人类呕心沥血建立起的太空联合舰队被三体文明的"水滴"轻而易举地摧毁，逃亡的五艘星舰承载着人类最后的希望，然而资源的匮乏决定四艘星舰上的人必须舍弃自己的生命，于是在"终极规律"号星舰试图攻击"蓝色空间"号星舰却反被击毁的刹那，即将阵亡的舰员表现出对同袍的理解和对自身命运的接纳。残酷的生存条件不断地改写着道德的标准和范围，刘慈欣在《人和吞食者》中为道德的位置下了断言："在宇宙中，那东西没意义。"[1] 七月的《擦肩而过》从人性本原的角度附和了道德的虚幻："生物本质都是自私和残忍的。"[2] 钱莉芳在重释汉代历史的过程中同样感叹："暴行从来是不顾道德、不畏人言的，唯

---

[1] 刘慈欣：《人和吞食者》，载《乡村教师：刘慈欣科幻自选集》，长江文艺出版社2012年版，第164页。
[2] 七月：《擦肩而过》，载《背面天堂》，希望出版社2013年版，第116页。

一能让它忌惮收敛的，只有更为强大的力量。"[1] 在詹姆逊看来，与其空谈进化途中的道德危机，不如转换一下道德讨论的视角："低等社会的灭绝不再是错误的和不人道的，它显然是一个用于智慧争论的问题。这里所争论的是，究竟在什么程度上高等文化对低等文化的善意的（甚至是好意的）干预的最终结果不会是毁灭性的。"[2] 但这些小说同样清晰而强烈地表达了对道德弱化的忧虑。王晋康在《神肉》中让被反讽的南渊教授大放厥词："伦理道德只是适应某种生产力水平的临时性建筑，可以随拆随建的。当科学与伦理道德冲突时，科学总是最后的胜利者。"[3] 而在《七重外壳》中，这位作家直言对科技驱逐道德的忧虑："我最担心的是，这种堕落是否是高科技的必然后果？因为科学无情地粉碎了人类对自然的敬畏，对生命的敬畏。"[4] 刘慈欣在其塑造的"黑暗森林"体系中，同样为道德的生机留下伏笔。三体文明中的异数1379号监听员向三体元首

---

[1] 钱莉芳：《天命》，时代文艺出版社2011年版，第255页。
[2] 〔美〕弗里德里克·詹姆逊：《未来考古学：乌托邦欲望和其他科幻小说》，吴静译，译林出版社2014年版，第349页。
[3] 王晋康：《神肉》，载《替天行道——王晋康科幻小说精选集.2》，时代文艺出版社2011年版，第105页。
[4] 王晋康：《七重外壳》，载《养蜂人：王晋康科幻小说精选集.1》，时代文艺出版社2011年版，第175页。

解释自己背叛三体文明的理由：他拒绝只能为生存而生存的文明。1379号监听员向罗辑表示，希望爱的阳光照进黑暗森林。

第二，人类智慧发展的指向模糊。人类文明的发展是最终走向技术理性的不断推进和全面掌控，还是终将在本质意义上回归传统的人文智慧？宏原子核聚变、概率云、量子幽灵、弦论、量子力学、猜疑链、技术爆炸、电子云、翘曲点、曲率驱动、二向箔等科幻小说中的词汇代表了人类技术理性的高度，而"空""平衡""道"等语汇代表的传统人文智慧同样是这些小说热衷探讨的对象。飞氘在《一览众山小》中将文明的终极秘密展示为一幅阴阳互生的太极图："天，好像一汪清潭，平整如镜，泛着白玉似的微光，映出一个模糊的影子。夫子的心怦怦跳动，踮起脚，探头过去，那影子就清晰起来，却并不是夫子的脸，而是慢慢幻化出一个清亮柔美的圆。仔细看，竟是一黑一白的两条鱼，头尾缠绕，悠悠地转着圈。"[1]与飞氘画出的太极图相似的是，王晋康的《生死平衡》和《替天行道》也洋溢着"道法自然"的道家观念。即便在"硬科幻"色彩浓厚

---

[1] 飞氘：《一览众山小》，载《中国科幻大片》，清华大学出版社2013年版，第138页。

的《三体》中，也隐藏着极深的"空"的观念。魏成发现"三体"问题源自"空"，而小说最后为人类及其所处宇宙安排的结局，也沾染着鲜明的"空"的辩证色彩。尤其是在后现代主义思潮兴起之后，技术理性的主宰地位在其内部就产生巨大的分歧。"无论从时间还是从空间维度来重新描绘现实，后牛顿物理学都展现了'不同的进步观'。进步不再被看作启蒙理性在笔直地向前迈进。事实上，时间和空间都获得了一种循环和轮回的涵义，而让人联想到东方的哲学和神话体系。"[1]技术理性的不断推进和人文智慧的传统回归之间是否存在嫁接融合的可能？至少20世纪90年代以来的当代科幻小说并没有正面展现这样的场景。

四

在对20世纪90年代以来当代科幻小说的形式特征进行考察和产生认同疑惑后，一个问题随即诞生：作为科幻小说的

---

[1]〔英〕丹尼·卡瓦拉罗：《文化理论关键词》，张卫东等译，江苏人民出版社2006年版，第179页。

核心要素,"科学"是否有沦为叙事装饰的风险?这一时期的当代科幻小说中的"科学"是否在叙事中悄然缺席?从异域的雨果·根斯巴克、艾萨克·阿西莫夫到中国的郑文光、叶永烈,科幻小说林林总总的定义中总是少不了"科学"的要素。然而在20世纪90年代以来的当代科幻小说中,"科学"既无法展示出技术革新带来的认知变化,也无法为人类未来走向提供某种自信的支撑。就此而言,科学在为文学的幻想叙事架设起支点的同时,也瓦解了这个支点的坚实性。

科幻小说必须借助于科技的支持才能探究或描绘宇宙时空的终极图像,并对一些元问题提出解释性构想。科学的幻想离不开现有知识理论的基座,然而现代自然科学理论的想象与推演无法支撑起科幻叙述的天穹。首先,作为想象工具的"科技"并没有营造或转化出相应的文本美学。自然科学理论的想象性推演终究有其尽头,光速旅行、空间跃迁、星体平移、十一维空间的展开、宇宙再造等对稍有阅读量的科幻小说读者来说都是耳熟能详的词汇。既然是科幻小说而不是宇宙飞行手册或星际旅行指南,那么再深奥的公式和猜想都必须让位于这种理论想象所包含的感悟及其阐释,正是这种知识体系的转换,考验着科幻小说的审美表达和思想探索。作为其叙事特权和特色所在，科幻小说在展示自然科学技术带来的美感体验和人性变化上的成绩，很大程度上决定其文学性的强弱。《黑客帝国》的风靡，公认的原因是技术想象成功地激发了哲学的讨论和美感的更新。但是，当代科幻小说必须处理的"自然—人文"内在知识体系的转换，往往落入特定的叙述窠臼。一堆携带着海量自然科学知识信息、似乎已然筑起深沟高垒的词汇，最后推演或架构成的图景，却不过是些大众耳熟能详的内容。他人即地狱、科技发展激发人性恶、科技发展带来世界毁灭、科技与自然关系的最高境界就是阴阳平衡等，诸如此类的阅读感受反复叠加，原本为小说叙事最重要的道具的自然科学技术本身，就简化为"多智而近妖"的魔术工具。"否定之否定"的辩证螺旋上升式思维，也不能为这些科幻叙事增添太多的文学新意。更重要的是，自然科学理论的推演愈向未来延伸，就愈加渴望人性的加盟——犹如放飞的风筝一般，自然科学理论想象的风筝无论飞得多远，永远被人性及其社会性的线掌控。"鉴于形式（指的是它的另类世界、陌生的阅读方式以及它对社会有益的、潜在的、颠覆性的'幻想'），所有的科幻小说本质上都具有社会性。"[1]有效地实现科幻的技术性和社会学的美感转换，才能夯实科幻叙述的文学基石。

此外，科幻想象在终极意义上反而在消减科技本身的必要性。人类未来的走向是20世纪90年代以来科幻小说所乐意讨论的主题，但这种科幻性的想象却往往将科技发展的前景描绘为一个意义的黑洞。刘慈欣曾借用一位来自外星的低温艺术家之口，强调艺术对科学的终极覆盖："当探索进行到一定程度，一切将毫发毕现，你会发现宇宙是那么简单，科学也就没必要了……只剩艺术，艺术是文明存在的唯一理由。"[2]《三体》对技术性未来的认知更为悲观：技术的不断进步终将引发宇宙战争，迫使生命不断降维存在，进而导致宇宙的死亡。至于宇宙的重启和再生，已经是与技术本身无关的想象。技术进步被认为是启蒙理性的基石，"启蒙的根本目标就是要使人们摆脱恐惧，树立自主……启蒙的纲领是要唤醒世界，祛除神话，并用知识代替幻想……最终，精神概念、真理观念，乃至启蒙概

---

[1] [美]汤姆·默伊兰:《"社会的"对决社会政治的》，张一凡译，郭英剑校，载王逢振主编《外国科幻论文精选》，重庆出版社2008年版，第167页。
[2] 刘慈欣:《梦之海》，载《乡村教师：刘慈欣科幻自选集》，长江文艺出版社2012年版，第95页。

念自身都变成了唯灵论的巫术……启蒙也一步步深深地卷入神话，启蒙为了粉碎神话，吸取了神话中的一切东西，甚至把自己当作审判者陷入了神话的魔掌"[1]。在 20 世纪 90 年代以来的科幻小说中，技术进步同样走向了自身的反面。王晋康的《一生的故事》就试图打通科学与宗教的区隔："科学已经解答了'世界是什么样子'，但还没有解决'为什么世界是这个样子'……科学在另一种意义上复活了宿命论。"[2]就上述两个层面的意义而言，90 年代以来的科幻小说在建构起自身的科幻世界之时，同样抽空了这种想象本身的科技性。

科学色彩是科幻小说的核心元素，"科幻小说的核心内容是为了表达人类对启蒙价值、现代性和现代化过程所具有的看法……在这些作品中，现代化过程的主要代表科学技术，被作为一种能动的力量单独地展现出来，作家们讴歌科学技术能引导人类走出愚昧、迈向未来，相信科学技术的能动性可以带给

---

[1] ［德］马克斯·霍克海默、西奥多·阿道尔诺：《启蒙辩证法：哲学断片》，渠敬东、曹卫东译，上海人民出版社 2003 年版，第 1—9 页。
[2] 王晋康：《一生的故事》，载《终极爆炸：王晋康科幻小说精选集.3》，中国华侨出版社 2011 年版，第 32 页。

整个世界一种建构力量"[1]。然而，这不意味着科幻小说对迷魅叙事的天然免疫。詹姆斯·冈恩在综述世界当代科幻小说的发展时尖锐地指出："当20世纪接近其千年纪念日之际，几乎人人都认识到世界对科学的依赖……但是对科学的无知并倒退到神秘主义的倾向比以往更趋明显。"[2]当代科幻文学叙事应该重视的是担当起自身的启蒙责任，而不是沉溺于某种自我重复与技术意淫。

大众的视野之中，文学对客观世界的描绘和把握远不如科学技术来得深刻和精准。但是，文学却可能以某种"模糊的精确性"而在更宏观的层次上把握客观世界，大卫·普鲁什即在此意义上强调"文学比科学更科学"："普利高津的《混沌中的秩序》表述了这样一个观点：用于概括或者重新概括宏观世界经验的话语在相当意义上具有认识论潜能，与古典物理性相比，它们能够更好地描述现实。普利高津指出，物理和化学的简单化主要源于人们将注意力放在某些简单化的情形上，人们

---

[1] 吴岩、方晓庆：《刘慈欣与新古典主义科幻小说》，《湖南科技学院学报》2006年第2期。
[2] [美]詹姆斯·冈恩、郭建中主编：《灰烬之塔：从现在到永远》前言，北京大学出版社2008年版，第3页。

不关心教堂，而关注一堆堆砖块。相比之下，文学反而拥有了揭示教堂如何真实地建成的工具。在普利高津看来，文学以它高度成熟的话语对宏观世界中受到时间限定并且处于变动的、不稳定状态的有机生命和人类活动进行概括和描述。"[1] 如何充分利用"科幻"的特色元素探求"模糊的精确性"，显然是今后中国科幻文学叙事应继续深思的。

（原刊《文艺研究》2016年第4期）

---

1 [美]大卫·普鲁什：《普利高津，混沌，以及当代科幻小说》，王丽亚译，载王逢振主编《外国科幻论文精选》，重庆出版社2008年版，第75—76页。

"长老的二向箔"与马克思的"幽灵"
——新世纪以来中国科幻小说的社会形态想象

一

……歌者没有从仓库里取二向箔的权限,要向长老申请。

"我需要一块二向箔,清理用。"歌者对长老说。

"给。"长老立刻给了歌者一块。[1]

刘慈欣的科幻小说《三体Ⅲ·死神永生》里，太阳系的二维化坍缩就缘起于这次漫不经心的日常对话。文明层次远高于人类社会的外星智慧，用"二向箔"随手抹去了整个太阳系，几乎将人类彻底灭绝。相比于《三体》前两部中呈现出的"面壁计划""黑暗森林""思想钢印"等构思，歌者与长老对话的关键情节显得过于平淡，但对于包括《三体》三部曲在内的中国当代科幻小说的社会形态想象来说，它却是个意味深长的症候。

歌者与长老的对话，涉及科幻叙述如何把握社会形态想象与科技能力想象之间的关系问题。歌者向长老申请了远超人类和三体人科技水平的武器"二向箔"，它以宇宙客观规律为攻击手段，将太阳系压缩成没有厚度的平面，充分展示了"二向箔"想象的恢宏气势。小说在对"二向箔"的原理、能力和效果做出详细交代的同时，却极为简略地带过了对话人之间的身份状态。读者能知道的，仅是歌者地位的低下和他对长老的无

---

[1] 刘慈欣:《三体Ⅲ·死神永生》，重庆出版社2010年版，第392页。

条件服从，这是观测他们的社会形态时所能确定的信息。通常认为，长老指年长的人或宗教团体中有较高地位的人，《三体》第一部中就将佛门高僧称为"长老"，宝树的《关于地球的那些往事》里，比地球文明高出几个层级的"中央世界"的统治群体也叫"长老会"。在中国传统乡土社会的语境中，"长老统治"意味着乡土社会中"爸爸式"的教化性权力，它"既非民主又异于不民主的专制"，与传统和经验关系密切，是"被社会不成问题地加以接受的规范"。[1] 长老在小说中的出场，总是携带着不言而喻的权力优势。当然，小说中"歌者文明"的长老更为强势，他能进入下级的思想中任意翻找，并压迫下级自动删除某种思想。结合其他情节所携带的信息，读者大致能从这些描述和长老携带的身份信息中勾勒出"歌者文明"的社会形态轮廓：科技超级发达，成员间等级森严，权力不来自选举，有权者能进入下级的思想并任意改变其状态，存在的基本活动形态为剿灭其他智慧生命。

强烈的错位感，在以宇宙规律作为武器原理的"二向箔"与专制色彩浓厚的"长老"式社会形态之间出现了。若把"长

---

[1] 费孝通：《乡土中国　生育制度》，北京大学出版社1998年版，第64—68页。

老的二向箔"式想象放回人类历史经验的河床上,就可以还原出一幅部落长老命令奴隶发射巡航导弹式的图景。当然,这幅图景及其所包含的社会形态与科技水平的逻辑关系,从未转变为人类历史的真实存在。

"歌者文明"的社会形态绝非孤证。或许是想象的特权能给予某些宽容,当代科幻小说对"长老的二向箔"式的社会形态想象总是津津乐道。《三体》里同样远超人类文明的"三体文明",也遵循了这种高等科技与专制社会的配置想象。三体社会的反叛者 1379 号监听员,曾对他们的元首如此坦白:"我们的生活和精神中除了为生存而战就没有其他东西了……当然没有错,生存是其他一切的前提,但,元首,请看看我们的生活:一切都是为了文明的生存。为了整个文明的生存,对个体的尊重几乎不存在,个人不能工作就得死。三体社会处于极端的专制之中,法律只有两档:有罪和无罪,有罪处死,无罪释放。我最无法忍受的是精神生活的单一和枯竭,一切可能导致脆弱的精神都是邪恶的。我们没有文学没有艺术,没有对美的追求和享受,甚至连爱情也不能倾诉……元首,这样的生活有意义吗？"[1] 1379号监听员的控诉为"长老的二向箔"式的社会形态想象补充了许多细节，也使这种想象对社会形态和科技水平之间关系的理解得以更清晰地表达。"三体文明"与"歌者文明"之间，虽然科技水平有一定差距，但社会形态却大同小异。因保障自身的绝对生存需求而无限地发展以军力为核心的科技，同时又将这种高科技发展种植在专制色彩浓厚的社会形态土壤里，"三体文明"和"歌者文明"实属同一种想象逻辑的产物。

认同"长老的二向箔"式社会形态想象的，显然不止刘慈欣的《三体》系列小说，王晋康的《与吾同在》也是表现标准意义上"长老的二向箔"式想象的作品。小说里，地球人眼中的"上帝"就是一位掌握了高科技的恩戈星人，可是"上帝"所属的社会文明，基本上就是人类奴隶社会与封建社会的融混拼贴。"恩戈星文明"以王室为统治集团，以星际间的征服为主要生存方式，军事状态已经日常化。在"恩戈星文明"看来，议会制民主仅限于特定时期使用，是过于奢侈的装饰。为与军事征服行动相匹配，"恩戈星文明"实行军妓制度，太空

---

1 刘慈欣：《三体》，重庆出版社2008年版，第268页。

战舰上配备一定比例的军妓,王妃随军时也不能例外,而得到周全照顾的恩戈星官兵,则必须将家人留在后方作为人质。[1] 恩戈星的科技能轻而易举地降低人类智能并将人类作为家畜驯养,但它的社会形态却因独裁、设军妓、扣人质而散发出浓郁的专制甚至是法西斯气质。恩戈星的高科技文明就孕育于这种社会形态,并长时间维持其科技的高水平状态。生存危机的无限扩大、以摧毁其他文明为生存常态、对人类科技拥有压倒性优势、以独裁专制为社会形态的底色,《三体》和《与吾同在》在外星文明的社会形态想象上有太多的相似之处。

王晋康的另一部科幻小说《2127年的母系社会》,似乎有意让早已消逝的母系社会在未来人类社会中复活。实际上,这部小说意在某种性别政治的戏谑,而非严肃探讨社会形态与科技水平之间的关系。让母系社会与高科技文明相配套的,是龙智慧的《后土记》。小说里,用光幕降智打击的方式灭绝人类的外星文明"MACU",就极有可能是母系社会:"以'母'为神或宗教领袖","该文明或许雌雄同体","可能具有强大的

---

[1] 参见王晋康《与吾同在》,重庆出版社2011年版,第183页。

学习能力","制造和使用工具的能力或许不强"。[1] 对"MACU"社会形态的描绘因其猜想性质而显得模糊，但不妨碍作者将母系社会与高科技水平强行缝合，并将有冲突之嫌的细节裸露在外。

"长老的二向箔"式想象的普及程度可能超出一般读者的想象，刘慈欣曾说："大部分科幻小说中所表现的未来社会，其社会形态并没有随着技术的发展而进步，相反却退回到现代社会之前的落后的形态中。"[2] 这足以引发追问：以专制为底色的文明可能自主发展出使用"二向箔"这样的高科技手段吗？将宇宙规律作为武器使用的文明，是否可能以专制色彩出现？应该怎样想象未来科技与社会形态的关系？总之，低层级的社会形态能否孕育、发展、维持高层次的科技水平？社会形态及其发展出的科技文明之间，关联的弹性是否有一定的限度？"长老的二向箔"只是科幻社会形态想象的一种，考虑到郝景芳的《流浪苍穹》，何夕的《异域》，龙一的《地球省》，江波的《洪荒世界》，宋钊的《世界的误算：完美缺陷》，宝树的

---

[1] 龙智慧：《后土记》，万卷出版公司2018年版，第341页。
[2] 刘慈欣：《序言》，载龙一《地球省》，人民文学出版社2018年版，第1页。

《黑暗的终结》《关于地球的那些往事》,以及韩松的《地铁》《高铁》和《火星照耀美国》等文本对社会形态的多种描绘,更应该考虑"长老的二向箔"式想象所引发的当代科幻小说社会形态想象的整体性问题:当代科幻叙述还展示了哪些社会形态想象图景?这些想象图景的认知机制面临着怎样的知识挑战?当代科幻文学的社会形态想象是否已经陷入隐形的终结?这一想象的未来空间和生机又在何处?应当怎样想象未来的社会形态?

二

上述对当代科幻文学社会形态想象的一系列追问,已经隐含着对某些前提的默认。这些前提的核心是:无论当代科幻小说展示出怎样的想象,它都无法逃离人类经验或隐或现的制约。詹姆逊将这种制约描述为时代的意识形态,科幻小说中的乌托邦欲望也就被揭示为对被制度和习俗压抑的美好愿景的重温。一切历史都是当代史,也都是思想史。如果将克罗齐和科林伍德的论断移入科幻文学研究,那么所有的科幻叙述同样都是当代史,都是思想史,"所有的未知之地都既是经验又是想象"[1]。包含着当下的历史仍然是决定性的:"最典型的科幻小说并没有真正地试图设想我们自己的社会体系的'真实的'未来。相反,它的多种模拟的未来起到了一种极为不同的作用,即将我们自己的当下变成某种即将到来的东西的决定性的过去。"[2] 科幻小说的社会形态想象,总是依托于人性的认知与人类的社会历史经验。"只有被纳入到思维内的事物才是可思维的,你不可能思维那些与思维不相关的事物。"[3] 无论科幻想象的对象是否已然超出人类的理性认知能力,如果必须叙述,就只能转入人类经验的表达渠道,也就是说,只能叙述可被叙述之物。科幻小说对社会形态的想象史同样证实了这一点。

读者能从晚清以来的中国科幻小说中看到怎样的社会形态想象呢?梁启超于1902年发表的《新中国未来记》被认为是中国最早的科幻小说,作者将自己的政治理想倾注到这部未竟之作中,希望通过改良实现中国的共和制。至于这种政体具有

---

1 [英]丹尼·卡瓦拉罗:《文化理论关键词》,张卫东等译,江苏人民出版社2006年版,第182页。
2 [美]弗里德里克·詹姆逊:《未来考古学:乌托邦欲望和其他科幻小说》,吴静译,译林出版社2014年版,第379页。
3 孟强:《告别康德是如何可能的?——梅亚苏论相关主义》,《世界哲学》2014年第2期。

怎样的社会形态表现，仅有五回的小说已经无意细笔勾勒。类似的情况也发生在碧荷馆主人1908年出版的《新纪元》里。这部小说开篇就宣称："原来这时中国久已改用立宪政体，有中央议院，有地方议会，还有政党及人民私立会社甚多。"[1]小说剩下的笔墨几乎都花在了中国与西方列强的争战中，如《封神演义》中的斗法一般不断请出许多冠以科学发明之名的奇怪武器。这批新式武器诞生于怎样的社会形态、如何诞生于此种社会形态等问题，没有进入作者的考虑范围。老舍的《猫城记》依然延续了晚清以来知识分子对国家独立和民族富强的渴望，小说以反讽的方式表现半殖民地半封建社会的种种病态，"猫城""迷叶""外国人至上""大家夫斯基"等语汇的指向十分清晰。"猫人已无政治经济可言，可还是免不了纷争捣乱……有学校而没教育，有政客而没政治，有人而没人格，有脸而没羞耻。"[2]这就是"猫城"的社会形态速写。有研究认为，从晚清科幻小说萌芽起直到中华人民共和国成立前，以科普

---

[1] 碧荷馆主人：《新纪元》，广西师范大学出版社2008年版，第3页。
[2] 老舍：《猫城记》，载《老舍全集》第2卷，人民文学出版社2008年版，第255页。

为宗旨的科普型科幻是主流。[1]1949年之后,科幻小说的科普性质依然鲜明,"这种科学文艺的内容、题材都非常狭窄,即被限定在对少年儿童进行科学知识普及的脉络里"[2]。不同的是,这一时期的科幻小说中,关于国家未来的想象比晚清民国时明亮了许多。在郑文光的《飞向人马座》《鲨鱼侦察兵》,童恩正的《珊瑚岛上的死光》等小说里,国家情怀和革命斗争意识还联系紧密,可在叶永烈的《小灵通漫游未来》三部曲中,科技主导下的便捷舒适就成为未来生活的底色。"未来市"里的人寿命较长,有小偷但不多,秉持劳动创造价值的观念,知识化、城市化乃至趣味化的生活场景替代了社会形态的描摹,崭新的国家面貌隐约就在眼前。

与国家命运前景紧密相关的想象贯穿于新世纪之前的中国科幻小说中,当然这种梳理也可以有另外的线索。考虑到科幻小说在构建理想社会形态上与乌托邦小说的相似性,许多科幻小说往往被视为乌托邦叙述的成员。苏恩文就认为:"科幻小

---

[1] 参见董仁威编著《中国百年科幻史话》,清华大学出版社2017年版,第2—3页。
[2] 〔日〕武田雅哉、林久之:《中国科学幻想文学史》下,李重民译,浙江大学出版社2017年版,第2、4页。

说一方面比乌托邦更加宽泛，另一面又至少是间接地从乌托邦衍生而来。它即便不是乌托邦的亲生女儿，也是乌托邦的一个侄女——侄女通常羞于谈论其家世血统，但却无法回避其家族遗传之命运。"[1]因此，一些研究也将科幻小说纳入乌托邦及其演变的讨论范畴。[2]无论是以国家想象还是以乌托邦想象来梳理新世纪之前的中国科幻小说，社会形态在小说文本中扮演的角色，似乎总像高空的气流之于翱翔的飞禽一般重要却又隐形。更多的时候，社会形态影影绰绰地潜伏在科幻小说想象的字里行间，似乎理所当然地默默配合着想象开展的需求。可是，这并不意味着怎样摆弄它都是合适的。

科幻小说的创作者们对社会形态的随意安置，或许有着自己的理由。刘慈欣就认为，技术和社会形态之间的弹性关系足够强大。"先进的现代技术与落后的社会形态并非水火不相容，它们是可以在一定程度上融合的，现在那些仍处于封建体制下

---

[1] ［加］达科·苏恩文：《科幻小说变形记》，丁素萍等译，安徽文艺出版社2011年版，第68页。
[2] 此方面研究成果很多，如宋明炜和王振的《科幻新浪潮与乌托邦变奏》(《南方文坛》2017年第3期)、王瑶的《从"小太阳"到"中国太阳"——当代中国科幻中的乌托邦时空体》(《中国现代文学研究丛刊》2017年第4期)等，此不赘述。

的中东石油帝国就是证明。"[1]人类文明外部或内部的灾变都可能导致高科技和落后社会形态的并存,如进入太空环境和人工智能飞速发展。当然,内、外因的共同作用更能提升这种情形发生的概率。刘慈欣对科技水平和社会形态关系的理解,再次呼应了他在《三体》中对"三体文明"和"歌者文明"的描述。不过,刘慈欣的支持是否足以支撑"长老的二向箔"式想象、赋予科幻小说的社会形态想象以无羁的自由,仍然需要进一步思考。"在20世纪,科幻小说已经迈进了人类学和宇宙哲学思想领域,成为一种诊断、一种警告、一种对理解和行动的召唤,以及——最重要的是——一种对可能出现的替换事物的描绘。"[2]科技想象与社会形态想象的关系,还必须经历人文知识的检视。

三

科技发展的水平和社会形态之间,多数情况下并未呈现直

---

[1] 刘慈欣:《序言》,载龙一《地球省》,人民文学出版社2018年版,第4页。
[2] [加]达科·苏恩文:《科幻小说变形记》英文版原序,丁素萍等译,安徽文艺出版社2011年版,第13页。

接而清晰可见的关系,毋宁说,两者之间的关系牢固而复杂。传统的马克思主义社会形态理论研究认为,"一定的生产关系是构成一定社会形态的骨骼","社会形态除骨骼外,还包括使骨骼有血有肉的上层建筑以及其他一切社会现象",这"其他一切社会现象"中就包括自然科学。[1]虽然机器大工业创造的体系"使得科学在直接生产应用上的本身就成为对科学具有决定性和推动作用的着眼点"[2],可从科学技术发展的动态过程来看,社会形态的作用力极为巨大。"技术从来不是独立和自主的存在。从技术研发到应用,是一个政治的过程,即社会权力参与其中为实现自身的意图展开斗争的过程";"技术既非现代化社会问题的'替罪羊',亦非解决问题的'万灵药'。真正原因是应用技术背后具体的社会制度和意识形态";"在任何时空中,组成科学的要素必定反映了那时那刻特定社会文化中的世界观和政治结构"。[3]问题的关键是,科幻小说中科技发展水平和社会形态之间既然有必然的关联,那么这种关联是否也

---

[1] 赵家祥:《马克思主义的社会形态理论简论》,北京大学出版社1985年版,第16页。
[2] 戚嵩:《马克思社会形态理论研究》,合肥工业大学出版社2014年版,第91页。
[3] [加]达拉斯·斯迈思:《自行车之后是什么?——技术的政治与意识形态属性》,王洪喆译,《开放时代》2014年第4期。

有特定的限度？

到了必须以《三体》为例回应"长老的二向箔"式想象合法性的时候：《三体》既是中国当代科幻小说的经典之作，也标示着当代科幻小说想象社会形态的水准。"宇宙社会学"等构想占据了《三体》思想体系的核心地位，"长老的二向箔"既能概括《三体》的社会形态想象，也能代表《与吾同在》《后土记》等一批同样描绘未来社会形态的小说的想象方式。如果能诊察"长老的二向箔"症候，那么相关思考对其他科幻作品中的社会形态想象也同样适用。

"长老的二向箔"式想象实际上提出了这样的问题：独裁专制色彩极为浓厚、约处于人类奴隶制社会形态中的"歌者文明"是否可能出现？人类的历史经验表明，虽然"处在同一生产力发展水平的不同地区的国家和民族，社会制度可以迥然不同，而同一社会形态也可以经历不同发展水平的生产力"[1]，但这并不能推导出人类历史上的奴隶能使用核武器的结论，社会形态归结到底是由生产力水平所决定的。包括科技水平在内的生产力与社会形态之间的关联并非随意匹配。现代科学技术的

---

[1] 戚嵩：《马克思社会形态理论研究》，合肥工业大学出版社2014年版，第92页。

大规模、可持续发展，需要相对宽松的社会条件所提供的自由思考、交流便利与经济回报。这不是连艺术、文学和爱都已经绝迹，对内动不动就要大规模连坐屠杀、对外将所有他者文明视为寇仇的"歌者文明"和"三体文明"所能具备的。人类社会演进的历史经验，已经无声而坚定地驳斥了关于"歌者文明"和"三体文明"的科幻想象。人类社会发展到今天，开放、交流、包容是公认的优选。

或许部分读者还记得，刘慈欣曾以"中东石油帝国"的现实例子支持"长老的二向箔"式想象。然而，"中东石油帝国"能说明一般意义上科技水平与社会形态之间的弹性关系，但它支撑不了极端性的"长老的二向箔"。"中东石油帝国"的军事科技水平，绝不像"二向箔"和"水滴"那样具备压倒性的技术优势，也不能像"三体文明"和"歌者文明"那样持续地向外武力扩张。相反，中东石油帝国的例子恰好在暗示着"长老的二向箔"的虚幻。"中东石油帝国"无法自主掌握具有压倒性优势的军事技术，而"三体文明"和"歌者文明"所拥有的高水平军事科技，却是依靠自身研发的结果——根据《三体》以"黑暗森林"为核心的宇宙社会学，外来的侵略者不会同时留下先进的科技水平和被征服者的性命。《三体》中，"三体文明"征服地球却毫无保留地将先进科学知识传授给地球的行为，就是一个深谋远虑的幌子。因此，"三体文明"和"歌者文明"是怎么实现高科技文明所需要的科技积累和突破的，在小说中有意无意地消失了。"中东石油帝国"的社会形态难以孕育出具有压倒性优势的军事科技，而可能研发出高精尖武器并同时进行大规模扩张的社会又无法维持至少数百年以上的独裁专制，那么，极端性的"二向箔"只能停留在想象的幻境之中，而无法从长老的手中掷出。同样是在必须兼具技术文明的长期积累和自主研发的前提下，刘慈欣所说的由灾变而导致的高科技和落后社会形态的匹配，也绝非一种文明的常态。无论如何，社会形态总是与一定的生产力和生产关系相匹配，奴隶制或法西斯体制从来没有孕育出稳定而长久的高科技文明形态，这或许是科幻小说区别于奇幻小说的社会学铁律之一。

"长老的二向箔"式想象，甚至在《三体》的叙事中也无法自洽。令人好奇的是，在残暴严苛的专制统治下，1379号监听员关于"美"和"爱"的种种向往是如何产生的？如果"美"和"爱"是三体人的本性，那"三体文明"如何能长时间压抑这种本性并在压抑之中发展高科技？考虑到一个在三体社会中几乎处于最底层的1379号监听员，就引发元首以"连坐"的方式处死包括负责监听系统的执政官在内的六千人，"三体文明"漫长的法西斯式统治是如何得以维持的？更不要忘记，科学执政官曾告诉元首，"三体世界中像1379号监听员这样的人其实是很多的"[1]。在《三体》的第二部《黑暗森林》中，罗辑承认"人性的解放必然带来科学和技术的进步"[2]，动摇了"三体文明"的发展逻辑。到第三部《死神永生》，三体世界又突然以改变极权体制的方式，实现技术爆炸。"为了应对乱纪元的灾难而产生的极权体制对科学的阻碍，思想自由得到鼓励，个体的价值得到尊重"，从而引发"类似文艺复兴的思想启蒙运动，进而产生科技的飞跃"，"但其具体的过程却不得而知"。[3]自由体制与计划体制对科技发展的影响，是科技思想史上的大命题，深入讨论会涉及诸多变量，至少要包括生产力、生产关系、特定社会形态，甚至是民族文化等因素。它会像一个旋涡，将许多可能并不直接相关的问题最终卷入，但如果仅是在与奴隶制和法西斯式社会形态相比较的意义上理解自由的概念，思想自由的确是科技发展的增量。然而，《三体》

---

1 刘慈欣：《三体》，重庆出版社2008年版，第282页。
2 刘慈欣：《三体Ⅱ·黑暗森林》，重庆出版社2008年版，第335页。
3 刘慈欣：《三体Ⅲ·死神永生》，重庆出版社2010年版，第148页。

对科技发展的社会形态依托，又始终在自由与专制之间摇摆不定。"三体文明"在与地球文明接触前，始终以极权体制应对其客观环境，拥有了远超于人类文明的科学技术。遭遇地球文明之后，"三体文明"迅速向现代民主社会形态转轨，尽管这种转型"具体的过程却不得而知"，但叙述似乎有意放弃了落后社会形态与高级科技水平的配置。然而，"歌者文明"的出场又迅速翻转了这一切，"二向箔"在此是终结文明的高级武器，也是想象逻辑混乱的症状。或许，从曲率驱动、宏原子核聚变、概率云、弦论、量子力学，到思想钢印、猜疑链、黑暗森林和宇宙社会学，《三体》的科技想象已经足够缤纷多彩，对社会形态想象合理性的照顾不周也情有可原。

四

"长老的二向箔"式的社会想象虽然典型，但不可能覆盖所有新世纪以来中国科幻小说的社会想象。郝景芳的《流浪苍穹》、江波的《洪荒世界》、宋钊的《世界的误算：完美缺陷》以及韩松的《地铁》，都有自己的社会形态想象的侧重点。

数字技术、人工智能等已经深深嵌入当今生活的现代科技,其未来发展在《洪荒世界》和《世界的误算:完美缺陷》对社会形态的想象中扮演了重要的角色。江波的《洪荒世界》虚构了一个由量子计算机自动执行民意的社会形态,民主制度具体实行中可能遭遇的一切疑难被尽数交给量子计算机,不再考虑民主不仅仅是票数的问题。宋钊的《世界的误算:完美缺陷》对数字虚拟技术更加倚重,世界交由算法统治,世界就是算法本身,所有的社会形态和人际关系都是算法运行的不同结果——算法就是社会形态。与《三体》《与吾同在》相比,《洪荒世界》和《世界的误算:完美缺陷》对社会形态的想象与描述更为简略,科技甚至完全主导了社会形态的结构。科技活动对社会形态的影响越来越大,这是人类社会发展的历史经验。就科技活动与社会形态中至关重要的经济因素的关系而言,18世纪的工业革命是个分水岭。此前的科学活动基本上是跟随而不是引领经济活动,而工业革命之后,随着机器大工业需求的不断增加和发展,19世纪下半叶后的科学技术终于由配角晋升为主角,成为引领经济增长的主要动因和第一生产力。[1]时

---

1 参见刘则渊《"李约瑟悖论"的理论内涵与经济背景》,《科学文化评论》2017年第4期。

至今日，还有什么比科技更能改变现实？尤瓦尔·赫拉利认为，依靠可称为"奇迹中的奇迹"的网络技术等工具，能与诸神相媲美的超人类很快就将诞生，人工智能、纳米技术、大数据或基因遗传学等科学技术的不断突破甚至拆除了人类社会发展的刹车装置，"我们正以如此高速冲向未知……没有人能够阻止"[1]。忧虑和犹疑自然滋生：应该彻底拥抱这科技驱动下高速发展的未来社会，还是要调整这种发展的趋势？在这个问题上的不同回答隐含了科幻想象立场的不同。基于社会形态发展的视角，达拉斯·斯迈思认为，"'技术'被当作资本主义一切弊病的药方……只有在抱持不同世界观的社会主义中，技术才能在接下来的一个世纪里发展出一套完全不同的建设性的价值"[2]。《世界的误算：完美缺陷》里的喟叹是："自由解放的时代来临了……人类被困在自由的陷阱里无法自拔。这就是我们的现状。"[3] 虚拟计算技术隐藏在社会日常生活的每个细节之中，从室内的布置到街区的分类，算法成为这部小说社会形态的深

---

1 〔以〕尤瓦尔·赫拉利：《未来简史：从智人到神人》，林俊宏译，中信出版社2017年版，第43—45页。
2 〔加〕达拉斯·斯迈思：《自行车之后是什么？——技术的政治与意识形态属性》，王洪喆译，《开放时代》2014年第4期。
3 宋钊：《世界的误算：完美缺陷》，新星出版社2017年版，第52—53页。

层结构和内在主宰。这样沉默而又无处不在的技术控制令人恐惧，社会形态的运行和表现全部被替代接管，这似乎正是那个未来社会的"完美缺陷"。

在郝景芳的《流浪苍穹》中，未来社会形态的缺陷被分置于地球和火星之上——这暗示着某种价值选择的犹疑。大体而言，火星的人类社会是周密计划与部署的产物，地球的社会形态则显得宽松而杂乱。用小说里的计算机技术的比喻来说，"火星和地球的差异就是中央服务器与个人电脑，是数据库与网络"之间的差异。小说将火星的人类社会设定为一个全封闭的玻璃城市，"土地公有，高度智能控制，没有地产买卖，没有走私，没有期货，没有私人银行"，按年龄发放固定收入，所有劳动成果都免费相互分享。在地球人类社会的眼里，火星社会是"邪恶军人和疯狂科学家控制的孤岛"，"全面高压政治和机器操纵人类的典范"，"伟大的自由商品经济的对立面"，"将地球上未曾实现的暴力乌托邦发挥到极致"。然而，火星社会形态的高度计划性又与内部的思想自由不相矛盾，它意图建立的"运行于数据库之上的城市"力图"保护所有人思想的自由"，"彻底将物质生产和精神生产分开成两个截然不同的领域"。[1]不过，看似决然对立的火星社会与地球社会，却一直有着千丝万缕的关联。创建火星社会，就是为了抛弃地球旧有的社会形态，但这种舍弃始终不彻底。火星总督默许对火星社会形态的某些批评但在行为上却必须恪守职责，两个星球上的少男少女在成功互换生存环境之后，却又始终惦记着原先的社会形态。对抗与认可交织，疏离与接近同步，两个星球间的社会形态对峙与少男少女的情感相互映衬。《流浪苍穹》留给读者的启示是，与其在地球和火星两种社会形态中择一而从，不如思考如何融合两者优长而形成新的社会形态，或至少应该避免出现两者负面因素的对接。

这种最坏的可能似乎出现在韩松的笔下。自由总是被滥用而充满癫狂的气息，计划总是残缺且阴暗诡谲，韩松在《地铁》或《高铁》中建构出的社会形态，有着独特的诡异气氛。一列地铁在运行中不再停车、不断膨胀、不断变异："毫无疑问，列车此刻正在发生某种新的变化。或者，不是列车的变化，而是车厢中的人类社会在变化，也是整个物质世界和环

---

[1] 郝景芳:《流浪苍穹》，江苏凤凰文艺出版社2016年版，第63、23、34、209、210页。

境在加速变化。但谁也不知道这里面的究竟。"[1]无法阻止的恶行和丑态在各个车厢上演,"还有的车厢里,诞生了新型的社会组织结构"[2],奔驰许多光年之后,最终下车的已经不是人类,而是蚁、虫、鱼、树、草。然而,小说叙述坦承,这一切可能也只是幻觉。韩松刻意营造这种似是而非以刺激阅读过程中的不适感,目的或许是显影科技发展可能带来的身心压迫,在现代科技高速冲向未知之时,对人类文明走向和未来社会形态保留某种必要的距离。

五

检视新世纪以来科幻小说的社会形态想象,会发现众多想象之间的差异,也必然感受到对社会形态进行科幻想象的难度和限度。

社会形态想象相对于科技想象,其难度要高出不止一个层级。具体的科技想象要以详细的自然科学知识为基础,但在文

---

[1] 韩松:《地铁》,上海人民出版社2011年版,第80页。
[2] 韩松:《地铁》,上海人民出版社2011年版,第87页。

学叙述的领域内,科技想象只是为了满足特定叙述目标的功能性需求。小说中的超级武器、光速旅行、空间折叠,其背后都必然有某种功能性想象在发挥作用。"二向箔"的原理再复杂,它也只是意味着无法抗拒的终极毁灭,而社会形态想象则复杂得多。"马克思认为社会形态不是由哪一种或几种要素构成,而是由多种要素构成……构成社会形态的各个不同要素之间相互影响、相互作用,每一种要素都不能脱离社会形态而单独存在。每一个社会形态作为一个有机整体都是如此。因此,对于社会形态的结构,必须全面系统整体予以把握。"[1]成功的社会形态想象意味着对整体结构、内在元素及其关系的恰当理解和处置,若在此之上还要进行想象的科幻创新,其难度无疑远超具体的、功能性的科技想象。

新世纪以来科幻小说想象社会形态的难度大致有两种表现。一是如"长老的二向箔"式想象,虽大体较为详细地呈现了未来社会形态的面目,但如前所述,这种未来社会形态难以承受细致的追问。另外,《三体》所提出的"宇宙社会学"等囊括而不止于社会形态想象的概念,同样无法避免来自不同方

---

[1] 戚嵩:《马克思社会形态理论研究》,合肥工业大学出版社2014年版,第58页。

面的质疑。有学者指出,"《三体》的三观,机械自然观、朴素实在论的科学观、单向的社会进化观,都是陈腐的、没落的,有害的"[1];"威权主义赖以存在的理论构成了小说的核心推动力,而这个理论又完全无法实现在文本内部的自洽"[2]。也有学者在价值中立的立场上认为《三体》体现了法西斯世界观,其小说的想象方式存在严重问题。[3]《三体》想象未来社会形态时所出现的种种症候,其意义绝非仅指向小说自身。

想象社会形态的难度,还直接表现在叙述社会形态想象的篇幅上——较为详细地呈现对于未来社会形态的想象本身就已非易事。许多科幻小说的社会形态想象需要批评者的概括和提炼,差别只在于提炼的程度不同。如《三体》《与吾同在》所含有的社会形态信息量,就比《黑暗的终结》《洪荒世界》和《世界的误算:完美缺陷》要丰富很多。大多数科幻小说就算有直接涉及社会形态的想象话语,也常常语焉不详。《后土记》里的"技术史观研究小组"认为,在技术爆发式发展的未来,"人

---

[1] 田松:《科幻的境界与原创力:文明实验》,《科学与社会》2018年第2期。
[2] 刘竹溪:《〈三体〉:威权主义倾向的遗憾》,载李广益、陈颀编《〈三体〉的X种读法》,生活·读书·新知三联书店2017年版,第192页。
[3] 参见龙马《身边的法西斯——解析〈三体〉的世界观》,https://mp.weixin.qq.com/s/-WKOxypE0cRvyZ4kszJtww。

类无论是在生理层面还是伦理层面上都将成为一个全新物种，实现完整全面的三性一体。届时，政治、经济、文化等一切基于动物性的社会功能都将分崩离析，而被全新的社会形态所取代"[1]，但小说并没有进一步描绘这种"全新的社会形态"。《异域》中，西麦农场的时间进度是正常世界的四万倍，农场中"妖兽"的智能已经进化到与人类相当的地步，并形成了与人类社会没有质的差距的社会系统，可"妖兽"所置身的社会形态并没有清晰地呈现。如果把检视范围放宽一些，读者也会在《小灵通再游未来》结尾的"历史的画廊"中，看到机器人为人类服务的时代开始之后，画廊呈现的是一片空白。有评论由此指出，《小灵通漫游未来》"以某种看似'超越'的方式实际上完成的却只是对问题的暂时'搁置'。它只负责提供万花筒般的'未来'拼图，却无力结构出一个具有总体性的全新的未来"[2]。所谓的"总体性的全新的未来"，也指向社会形态想象所要求的整体性。

科幻小说想象社会形态的难处，最终都指向想象的无力与终结。类似于宗教总是人间苦难的镜像和安慰，科幻想象中的

---

1 龙智慧：《后土记》，万卷出版公司2018年版，第276页。
2 李静：《制造"未来"：论历史转折中的〈小灵通漫游未来〉》，《文艺理论与批评》2018年第6期。

社会形态无法摆脱既有的人类经验和理念的隐性掌控。《与吾同在》里的新世界大致是弱化边界，平均人口密度，收取统一的天税，建立统一的天军、货币、语言以及偶像[1]；《黑暗的终结》里的未来世界不过是"全银河的八百万个种族达成了一致，建立了联邦政府，甚至我们的形体也经过改造后，变得彼此一致了"[2]。包括今天在内的所有历史，已经成为决定未来的过去。詹姆逊指出："我们现在必须回到科幻小说和未来历史的关系上，并将对这种体裁的陈旧描述颠倒过来：关于它的正确描述实际上应该是，作为一种叙事的方式和知识的形式，它并不能使未来具有生命力，哪怕是在想象中。相反，它最深层的功能是一再地证明和渲染，尽管我们具有表面上看起来很充分的表现，但实际上对于想象和象征化地描述未来我们还是无能为力。因为这些似乎很充分的表现形式经过仔细的审查之后，被发现在结构上和本质上都是极为虚弱的，是一种在我们的时代中马尔库塞称之为乌托邦想象的枯萎，是对他性和极端的差异性的想象的枯萎；同时，这种体裁的深层功能还包括

---

1 参见王晋康《与吾同在》，重庆出版社2011年版，第238—239页。
2 宝树：《黑暗的终结》，载《时间外史》，作家出版社2018年版，第57页。

败中求胜，作为一种不知情甚至是不情愿的中介载体，它指向一种未知的东西，并发现自己无可救药地陷入过于熟悉的东西的泥潭，从而出人意料地变成了对于我们自己的绝对极限的思考。"[1]在詹姆逊的论述中，饱含着对科幻想象无力开拓出他性和差异性的不甘，潜伏着对跳出泥潭、冲破极限的渴望。《未来考古学：乌托邦欲望和其他科幻小说》"反复强调乌托邦之重要不在于它可以正面想象和建议的东西，而在于它无法想象和难以想象的东西。我认为，乌托邦不是一种表征，而是一种作用，旨在揭示我们对未来想象的局限。超越这种局限，我们似乎再不能想象我们自己的社会和世界的变化。那么这是想象的无能，还是对变化的可能性的根本怀疑——不论我们对理想的变化的想象多么诱人"[2]。无论如何体恤科幻小说想象未来社会形态的难度，都必须意识到这种想象的风险：如果科幻小说的想象不能提供更多合理的未来社会形态的可能，那么想象的终结就已经降临。

---

1 〔美〕弗里德里克·詹姆逊：《未来考古学：乌托邦欲望和其他科幻小说》，吴静译，译林出版社2014年版，第380页。
2 〔英〕罗伯特·斯科尔斯、弗雷德里克·詹姆逊、阿瑟·B. 艾文斯等：《科幻文学的批评与建构》，王逢振等译，安徽文艺出版社2011年版，第78页。

六

想象的终结意味着科幻小说没有能力从现今的政治、经济体系中推演出未来的图景,所有的想象都是历史中社会形态的改装。然而,我们面对的现实是历史并未终结,也不可能被终结。科幻小说如何才能走出想象的困境呢?

启示近在咫尺。《共产党宣言》开篇即宣告:"一个幽灵,共产主义的幽灵,在欧洲游荡。"[1]在现实的历史进程中,"共产主义的幽灵"始终未曾远离;在科幻小说的世界里,马克思主义的"幽灵"无处不在。新世纪以来科幻小说对社会形态的想象以及对这种想象的鉴赏、理解、批评,都期待着马克思主义的介入。马克思主义揭示了事物的本质、内在联系及发展规律,是人们观察世界、分析问题的有力认识工具和思想武器。海尔布隆纳感叹,"我们求助于马克思","是因为我们无法回避他","对于那些想要探索社会发展历程的内在动力的人来说,马克思是权威性的人物,因为他首创了批判性研

---

1 [德]卡尔·马克思、弗里德里希·恩格斯:《共产党宣言》,载中共中央马克思恩格斯列宁斯大林著作编译局编译《马克思恩格斯文集》第2卷,人民出版社2009年版,第30页。

究方法"。[1]迄今为止,马克思所阐明的社会发展规律依然有效。对热衷讨论未来人类社会发展前景的科幻小说而言,离开辩证唯物主义和历史唯物主义,社会形态想象可能无所适从;要科学地呈现未来的社会形态,就无法忽视马克思主义理论。想象的错位、无力与终结等新世纪以来科幻小说中社会形态想象所出现的种种症候,都出于唯物主义和辩证法的诊断。

唯物主义和辩证法是否能直接将科幻小说的社会形态想象引出苦海?按照对马克思社会形态理论的一般理解,共产主义出现在资本主义之后,资本主义孕育着新社会形态的因素。然而,共产主义理论没有提供未来社会形态建构的清晰指南,小说家要做的远不止于空洞地复述理论概念,或简单地描绘某个科技发明的细节。当今时代发展的深度和广度远远超出了马克思主义经典作家当年的想象,马克思所希望的是其后继者接力向前,而非在马克思主义理论体系内寻章摘句。马克思早已指出:"共产主义是作为否定的否定的肯定,因此,它是人的解

---

[1] [美]罗伯特·L.海尔布隆纳:《马克思主义:赞成与反对》,马林梅译,东方出版社2016年版,第1、4页。

放和复原的一个现实的、对下一段历史发展来说是必然的环节。共产主义是最近将来的必然的形态和有效的原则，但是，这样的共产主义并不是人类发展的目标，并不是人类社会的形态。"[1] 未来的社会形态没有毫发毕现的理论面貌，清晰甚至意味着风险，小说家进行小说创作不等同于有能力完成符合社会发展规律的叙事。恩格斯也反对详细、具体地对未来社会主义的社会制度做出预言："这种新的社会制度是一开始就注定要成为空想的，它越是制定得详尽周密，就越是要陷入纯粹的幻想。"[2] 要想叙述一种并非具体形态或周密计划的未来社会，马克思的启示是保持辩证唯物主义的立场和批判的思想气质。有时候，不满和批判就孕育着新质。"共产主义并不是在未来才实现的东西，不是应然层面的'理想'，共产主义就在当下，就是现实的运动。这种批判、否定、改变资本主义现存状况的现实运动，不断指向未来更加美好的状况，运动永远在持续

---

1 [德] 卡尔·马克思：《1844年经济学哲学手稿》，载中共中央马克思恩格斯列宁斯大林著作编译局编译《马克思恩格斯文集》第1卷，人民出版社2009年版，第197页。
2 [德] 弗里德里希·恩格斯：《社会主义从空想到科学的发展》，载中共中央马克思恩格斯列宁斯大林著作编译局编译《马克思恩格斯文集》第3卷，人民出版社2009年版，第528—529页。

进行，没有终结。"[1]科学的技术形态日新月异，但若马克思的"人的本质是一切社会关系的总和"依然是不刊之论，那么科幻叙事就应该保持思想的紧张和批判的锐气，保持科技细节建构之上的对未来社会形态的好奇。

回到马克思主义的路径上，寻找科幻小说想象未来社会形态的可能，是未来的科幻文学所应承担的责任。科学技术发展已经如此深刻地沁入当今社会的肌体，马斯克在2019年7月16日宣布"脑机接口"研究已在灵长类动物上取得成功，人脑和人工智能的融合指日可待。这就是文学尤其是科幻小说即将面对的现实，如同马克思当年面对风起云涌的工人运动一般。如果说文学话语的职责"不在于描述已经发生的事，而在于描述可能发生的事，即根据可然或必然的原则可能发生的事"，从而"表现带普遍性的事"[2]，那么，理解并表述这个属于科技的时代，文学就必须思考包括社会形态在内的重大主题。马克思主义其实一直在提醒科幻文学：虚拟数字技术、生物基

---

[1] 任洁:《共产主义"妖魔化"与回归马克思》，《马克思主义与现实》2014年第6期。
[2] 〔古希腊〕亚里士多德:《诗学》，陈中梅译注，商务印书馆1996年版，第81页。

因技术、空间应用技术正在全面改造日常生活，未来社会形态的想象还有多大的空间和能量？还能在多大程度上撬动资本主义政治、经济体系的结构，撕开一个想象的突围缺口，提供某种元气淋漓的批判激情？

（原刊《文艺研究》2019年第10期）

"黑暗森林"还是"自由人联合体"
——20世纪90年代以来中国科幻小说的命运共同体想象

"从根本上看,科幻小说是一种发达的矛盾修饰法,一种现实性的非现实性","是根植于这个世界的'另外的世界'"。[1] 科幻小说的想象之花无论如何芬芳馥郁,终究植根于现实的土壤。詹姆逊用以考察科幻小说的"未来考古学",其方法论核

---

[1] [加]达科·苏恩文:《科幻小说变形记》英文版原序,丁素萍等译,安徽文艺出版社2011年版,第12页。

心就是"将我们自己的当下变成某种即将到来的东西的决定性的过去"[1],历史和未来以当下为中轴折叠起来。未来是拥有无限可能的星辰大海,还是必将趋于某种特定的状态,科幻小说对此一直保持着高度的热情和不懈的探寻。科学技术的发展如此深刻地改变了传统的社会形态,大众对"现代性""地球村""全球化"等名词早已耳熟能详,人类在事实上已经成为休戚与共的命运共同体。科技将把作为共同体的人类社会带往何方?处于全球化发展与变化进程中的20世纪90年代以来的中国科幻小说,其想象已经在追问:如何理解人类作为共同体的存在?如何想象走出地球的人类命运共同体状态?科技是导向马克思所说的"自由人联合体"[2]的理想社会建设,还是最终激化人类之间或人类与其他文明间不可调和的冲突?交流合作或不可共存是否构成人类共同体未来前景的两极?科幻的人类命运共同体想象和现实之间构成了怎样的对话关系?如何保持科幻小说想象人类命运共同体的生命力?

---

[1] [美]弗里德里克·詹姆逊:《未来考古学:乌托邦欲望和其他科幻小说》,吴静译,译林出版社2014年版,第379页。
[2] "自由人联合体"是马克思主义学说的重要概念之一。马克思和恩格斯在《共产党宣言》中提出了"自由人联合体"的概念。在《资本论》中,马克思又形容这是一种"更高级的、以每一个个人的全面而自由的发展为基本原则的社会形式"。

一

问题总是从历史溯源开始。命运共同体意识并非20世纪90年代的产物,中国科幻小说在晚清萌芽之时,已经拥有强烈且富有时代气息的家国命运共同体意识。晚清之际,家国有累卵之危,仁人志士忧心如焚,小说正是时代的镜像。吴趼人的《新石头记》使复活的贾宝玉目睹清政府的腐败和侵略者的蛮横,碧荷馆主人的《新纪元》让"潜水雷""绿气炮""气球队"等新式武器帮助中国大败西方列强,陆士谔的《新野叟曝言》则令中国人征服欧洲、占领月球和木星。这批晚清科幻小说毫不掩饰地展示中西、新旧间的冲突和复兴中国的渴望,无暇构想人类联合为共同体的场景。家国危机是此刻的主角,病毒、地震和外星屠夫还在等候出场。1939年顾均正的《和平的梦》,将对峙双方置换为美国和影射日本的"极东国";1942年许地山的《铁鱼底鳃》描写年已古稀的兵器科学家雷先生在战火中研制新型潜艇,却报国无门,为救潜艇资料而落水身亡。新中国成立前的科幻小说,其共同体意识不是想象人类作为共同体存在的可能、方式或危机,而是希冀国人团结救亡。在今天,"共同体"已成为包含地理区域、地域性社会组织、共同情感和互动关系等特征的复杂概念，它通常被描述为两种类型：一是地域性类型，以村庄、邻里、社区、城市等地域性社会组织为代表；二是关系性类型，如种族、宗教团体、社团等社会关系与共同情感。[1]从《新石头记》到《铁鱼底鳃》，这批科幻小说叙事的重心，显然不在描绘社会学意义上的地域性或关系性共同体的生成。它们所体现出的对共同体的理解，更多是凸显小说叙事的爱国情怀和民族认同，努力建立作者与读者间的情感联盟，实现身份认同和价值认同的共鸣。有研究者指出："共同目标、身份认同和归属感是共同体的基本特征，也是共同体赖以生成的基本要素。"[2]鲍曼则将判断共同体的标准压缩到了共识的形成上，共同体"首先是一种精神统合体。要没有这种特性，根本就不算共同体。共同体的全体成员都会假定，首要的支撑就是共识，至少是达成共识的意愿和潜力"[3]。就此意义而言，这批小说在中国科幻文学史上留下

---

[1] 参见李慧凤、蔡旭昶《"共同体"概念的演变、应用与公民社会》，《学术月刊》2010年第6期。
[2] 张志旻等：《共同体的界定、内涵及其生成——共同体研究综述》，《科学学与科学技术管理》2010年第10期。
[3] ［英］齐格蒙特·鲍曼、蒂姆·梅：《社会学之思》，李康译，社会科学文献出版社2010年版，第44页。

了沾着愤懑和屈辱写就的"我们"。

新中国的成立,将中国科幻小说带进了新纪元。借用胡风著名的长诗的标题来形容,"时间开始了"[1]。科幻小说中那个努力将作者和读者融成一个"我们"的叙事立场还在,但主色调已非屈辱和忧虑。1949—1966年,科幻作品"百分之九十以上都是轻快而富有发展前景的技术发明,这些发明涵盖航天、生物技术、交通、气象操控、电脑、农业、海洋科学、低温人体科学、医学等多个科学领域"[2]。普及科学技术、实现美好生活、建设独立富强的国家,新的科幻小说叙事基调在形成,而批判军国主义和帝国主义是新基调的另一条主线。童恩正在1960年出版的《古峡迷雾》中通过小说人物之口宣告,"我们"永远不能忘记帝国主义的欺凌。1963年王国忠的《黑龙号失踪》描绘了深海中日本军国主义的蠢蠢欲动。憧憬未来的美好生活和警惕敌对势力的破坏,在1978年后科幻小说的短暂复兴中"我们"仍携手同行。叶永烈于1978年出版的《小灵通漫游未

---

[1] 胡风:《胡风的诗——〈时间开始了!〉及〈狱中诗草〉》,中国文联出版公司1987年版,第1页。
[2] 吴岩:《十七年科幻小说创作综述(1950—1966)》,载姚义贤、王卫英主编《百年中国科幻小说精品赏析》第1册,科学普及出版社2017年版,第184页。

来》洋溢着奋发昂扬、自信积极的乐观主义精神，小说中的"未来市"就是"未来世"。与此同时，童恩正《珊瑚岛上的死光》(1978)、王晓达《波》(1979)、刘兴诗《美洲来的哥伦布》(1980)，延续的则是《古峡迷雾》和《黑龙号失踪》的主题。这批小说保持着鲜明的政治认同，"我们"是欣欣向荣的新生政权的主人翁、人民政权的保卫者或反抗帝国主义压迫的解放者，从而加入了与时代政治氛围相契合的共同体意识生产。

20世纪90年代的科幻小说进入了新的文化语境。中国逐步进入世界市场的竞争，文化交流和知识生产的国际化趋势越来越明显，互联网技术日益深入社会生活，市场经济开始重构文学场域。历史的转折必然投射到文学领域："20世纪90年代以来，中国的科幻小说最重要的变化是摆脱了科普论、社会现实论，企图寻求科幻文学本身的独立存在价值，向科幻本体回归。"[1]科幻小说的共同体观念不再天然地依附时代思潮，而共同体已从滕尼斯、涂尔干、韦伯、雷德菲尔德、鲍曼等人的描述中继续发展，成为包含权力组织、社会网络、社会资本等

---

1 杨鹏：《科幻类型学——幻想帝国·科幻篇》，福建少年儿童出版社2009年版，第55页。

多种新元素，具有多种功能的功能性共同体，没有一个能够确切涵盖它各方面特征的统一界定。[1]进入21世纪后，全球化的发展进程日趋复杂，出现了反全球化、去全球化、逆全球化，甚至是全球碎片化等种种不同的理解，但人类成为命运共同体的现实境况也愈加明晰。共同体何以可能、如何形成、如何运作，这些问题在加入科学技术的变量后更加令人着迷，充满问题感的共同体想象正徐徐展开。

二

20世纪90年代以来中国科幻小说共同体想象发生的新变，根源于科学技术的飞速发展。一方面，科学技术使人类大规模交往成为可能，吉登斯用"脱域"一词说明，社会关系能从地方场景中跳出并实现跨时空重组[2]，这使得"形成共识"意义上的共同体生产变得极为活跃；另一方面，科学技术带来社

---

1 参见李慧凤、蔡旭昶《"共同体"概念的演变、应用与公民社会》，《学术月刊》2010年第6期。
2 参见〔英〕安东尼·吉登斯《现代性的后果》，田禾译，译林出版社2000年版，第18页。

会生活便捷的同时，可能进一步造成环境风险、恐怖主义、宗教冲突、经济危机、阶级矛盾等问题的加剧。科技发展本身带来的负面效果，正被现实证明，这不是哪个超级国家或超级英雄所能单方面解决的。想象人类文明危机及其克服方式，是90年代以来中国科幻小说命运共同体叙事重要的起锚点。

　　黑暗时刻总是出其不意地降临，这是科幻想象的特权和特长。外星智慧随时可以进攻地球并消灭人类，人工智能可能在某个时刻悄无声息地跨过意识自主的奇点，高致死性传染病或许毫无征兆地大规模扩散。于是，政府官员、银行高管、技术专家、超市销售、市井闲杂的身份差异不再重要，烈性病毒、眼放绿光的机器人和狞笑的外星人不考虑哪个地球人的银行卡里数额更大。大多数危机的爆发不以人类意愿为准绳，在灾难面前，形成有效的共同体无疑是人类增强抵抗能力的最佳途径。刘慈欣《三体》三部曲在人类将被地外文明彻底消灭的背景中展开叙事，面对技术实力远超自己的外星文明，人类在漫长的自卫战中组成了不同形态的共同体，小说实际上可以看作针对外星入侵的一种社会形态反应。人工智能突变的隐患也是科幻想象的常见主题，从机械地接受指令到形成自主意识，人工智能不断挑战人之所以为人的属性，王晋康的《生命之歌》

阿缺的《与机器人同居》、江波的《哪吒》、鲍浩然的《孤岛》等都涉及人与人工智能形成命运共同体的可能。烈性传染病打散后的社会运行在王晋康的《十字》、毕淑敏的《花冠病毒》、燕垒生的《瘟疫》中都得到模拟，这些小说多依靠人物个体的活动描述社会性的"战疫"，但人物身上又往往集中了个性选择与群体倾向的辩证关系，此时"不深究个人，就没有共同体的深度"[1]。更进一步说，共同体是许多科幻小说中不动声色的主角。

若以《三体》为例，多数读者首先想到的肯定是罗辑、叶文洁、章北海、程心、云天明以及维德等人物，或是"黑暗森林""猜疑链""宇宙社会学"等理论想象，而不会对小说中的ETO（地球三体组织）、PDC（行星防御理事会）、舰队联席会议、地球国际、舰队国际、PIA（行星防御理事会战略情报局）、未来史学派等各式人类共同体组织留下太深印象。《三体》的忠实拥趸所制作的网络动漫短篇《我的三体》系列的前三部，可视为《叶文洁传》《罗辑传》和《章北海传》[2]，但没

---

[1] 殷企平:《华兹华斯笔下的深度共同体》,《杭州师范大学学报（社会科学版）》2015年第4期。
[2] 参见张七《从〈三体〉到〈章北海传〉》,《北京晚报》2020年3月25日。

有也不大可能出现《ETO传》《PDC传》或《PIA传》。罗辑、章北海、叶文洁等人物比PDC等共同体组织拥有更为广阔的情感和性格表现空间，但根本上，主人公们的光彩夺目很大程度上要归因于各种人类共同体组织的塑形。在人类社会灭亡的阴影下，这些官方或非官方的共同体以成员内心的价值共识为基础，依靠团体的凝聚力，从各方面影响并塑造了人物。是谁将罗辑从玩世不恭、把专业等同于混饭吃的平庸学者塑造成了挽救人类命运的英雄？如果英雄的成长离不开自身的爱心与责任感，那么又是谁激发或唤醒了真正的罗辑？是PDC，主导面壁计划、满足罗辑所有的现实愿望、让庄颜去末日等待以彻底激发罗辑潜力的PDC。PDC是什么？一群面目模糊但目标一致的人组成的共同体组织。相同的逻辑也体现在章北海身上。章北海以其坚定却深藏的人类必败信念，提出并参加首批"增援未来计划"、锁定逃离地球的实施方案、暗杀可能阻碍其目标实现的重要专家、劫持"自然选择"号星舰逃离太阳系、成立星舰地球以保存人类文明的火种，这一系列行为使章北海成为星舰地球共同体的精神领袖，但这并不能作为共同体塑造章北海的反例。章北海所有的行为，都是"未来史学派"理念的实践。他的自述很清晰："我不需要思想钢印，我是自己信念的主人。这种信念之所以坚定,是因为它不是来自我一个人的智慧。早在三体危机出现之初,父亲和我就开始认真思考这场战争最基本的问题。渐渐地,父亲身边聚集了一批有着深刻思想的学者,他们包括科学家、政治家和军事战略家,他们称自己为未来史学派……他们所预言的今天的强盛时代,几乎与现实别无二致,最后,他们也预言了末日之战中人类的彻底失败和灭绝。"[1] 章北海就是"未来史学派"这个思想共同体集中意志的体现。第三个例子是叶文洁。这位 ETO 的精神领袖,同样受制于 ETO 内部的分化和矛盾。即便是作为 ETO 的最高统帅,她始终要保持与这个共同体的对话而非简单地发号施令。而叶文洁之所以成为 ETO 的领导,是因为她按下向太空发射地球信息按钮的举动——一次长期遭受迫害后的爆发,因此真正将地球抛入危险境地的,是那群在特殊年代中习惯将他人置于死地的人,一个隐性、松散却又能量巨大的观念共同体。如果还需要第四个例子的话,那就是在 PIA 计划下被缩成一个大脑的另一位人类英雄云天明。涉及共同体因素的科幻想象,自然涉及个人与共同体的关系。包括《三体》在内的

---

[1] 刘慈欣:《三体 II·黑暗森林》,重庆出版社 2008 年版,第 353—354 页。

90年代以来的共同体科幻想象，都遵循这条铁律："人的本质不是单个人所固有的抽象物，在其现实性上，它是一切社会关系的总和。"[1]"人格个体"是"真正的共同体"的主体，"人格个体"只有在"真正的共同体"中才能实现，二者形成辩证统一。[2]

三

共同体是时常隐匿于主人公身影中的主角，这较容易被读者忽略。文明共同体之间如何相处，则是20世纪90年代以来中国科幻小说命运共同体想象的焦点。包含《三体》在内的众多文本参与了这一主题的想象。尤其是在地球文明走向宇宙的未来前景中，作为人类命运共同体的"升级版"，或者说另一种表现形式的宇宙命运共同体是否有可能实现？王晋康《与吾同在》，韩松《医院》三部曲，刘慈欣《吞食者》，宝树《人

---

[1] [德]卡尔·马克思：《关于费尔巴哈的提纲》，载中共中央马克思恩格斯列宁斯大林著作编译局编译《马克思恩格斯文集》第1卷，人民出版社2009年版，第501页。
[2] 参见侯才《马克思的"个体"和"共同体"概念》，《哲学研究》2012年第1期。

人都爱查尔斯》《黑暗的终结》《我的高考》和《安琪的行星》，何夕《浮生》，江波《星落》，张冉《大饥之年》和《太阳坠落之时》，分形橙子《赞神的宫殿》，谢云宁《太阳知道答案》，王侃瑜《云雾》，索何夫《出巴别记》，超侠《利维坦之殇》等各有自己的理解。尽管这份名单还可以继续延长，但这批小说对人类/宇宙命运共同体的想象，集中表现为对文明间关系或恶意或善意的认知模式。在这种简化关系的想象中，可以看出小说叙事者对人类命运共同体前景的不同理解。

零和！广袤的宇宙是最好的战场，从小说到电影再到游戏，星际战争的主题早已对受众的接受心理形成饱和轰炸。在90年代以来中国科幻小说的人类/宇宙命运共同体想象里，将宇宙间文明的恶意冲突推到极致的，首选《三体》。"黑暗森林"，这个建立在小说"宇宙社会学"理论想象之上的概念，以比喻的方式勾勒出未来人类所面对的险恶的宇宙文明环境：宇宙就像暗无天日的森林，任何先暴露自己的文明都将遭到不知来源的、干净彻底的毁灭性打击，歌者文明以二向箔随手抹去整个太阳系就是如此。"黑暗森林"逻辑贯穿了整部小说的想象，人类和其他宇宙文明不可能有和平共处的可能，所有文明在意识到自己身处宇宙文明圈后，最重要的就是小心翼翼地隐藏自己。人类文明开始了战战兢兢的时代，"黑暗森林理论对人类文明的影响是极其深刻的：那个篝火余烬旁的孩子，由外向乐观变得孤僻自闭了"[1]。只有光墓——彻底将自己封锁起来的技术，或许能向其他文明表明自己绝无外侵的雄心。

《三体》的"黑暗森林"模型拥有许多同行拥趸。索何夫的《出巴别记》将零和状态归因于本能："作为一种天生的掠食者，人类的基因中携带着与生俱来的无法抑制的竞争本能……这个种族与另一个文明——无论这个文明与他们有多么的不同——和平共处的概率近乎为零……人类在这个宇宙中最为惧怕的不是天灾，不是疾病，甚至也不是他们的同类，而是那些身为'非我族类'却像他们一样能够思考的存在。"[2]"非我族类"更像是"黑暗森林"理论的简略版。相比之下，宝树的《安琪的行星》就迂回得多。小说有件动人的爱情叙事的外衣：大勇为安琪在宇宙中购买了一颗行星"ΣX-6470-2"，并将其命名为"安琪之星"，以虚拟技术再造的"安琪之星"景观打动了被他人抛弃的安琪。到他们的24代后裔勇哲凭借空间拟

---

[1] 刘慈欣：《三体Ⅲ·死神永生》，重庆出版社2010年版，第79页。
[2] 索何夫：《出巴别记》，载全球华语科幻星云奖组委会编《金陵十二区》，万卷出版公司2019年版，第166—167页。

合技术登上这个行星时,勇哲为向长尾巴的外星姑娘夏丽示爱,不顾"安琪之星"上存在与地球高度相似的文明,而要按照先祖的美好想象来重塑"安琪之星"。"安琪之星"人将为此承受的灭顶之灾在勇哲眼里不值一提:"这些徒劳的生物,他们全然不知,自己和整颗行星的命运已经走到了尽头……至于上面的原生态系统……那只是一些顺带被清除的杂质而已。"[1]《安琪的行星》的特别之处是呈现了一种以爱为名的杀戮,宇宙间高阶生命对低阶生命的傲慢和冷漠,被"美"和"爱"这种炫目的辞藻包裹,犹如钻石的璀璨可能遮掩了矿工的血汗。作为文明共同体间零和关系的补充,宝树的《时间之墟》还设计了一个每隔20小时左右就重启一次的时空场,人类间因此爆发无休止的相互残杀,直至再也无法想象出新的摧残生命的方式为止。人与人难以结成共识基础上的共同体,恰如文明间遵循零和逻辑一般。张冉的《大饥之年》似乎想给零和关系一次重新选择的机会,致命真菌孢子的释放者安德鲁·拉尔森曾给自我立约:从下飞机的一刻起,若第一个对话的人怀有善意

---

[1] 宝树:《安琪的行星》,载《时间外史》,作家出版社2018年版,第249—252页。

就停止释放真菌。个体对共同体是否能达成的信念，直接影响到共同体的生成。结果这场带有偶然因素的试验又必然地失败了，小说同时暗示，人类和其他生命体之间的关系也可能是零和的。

是否存在非零和的可能？另一批小说倾向于乐观地看待文明共同体间的关系。宇宙如此浩瀚，生命又总有时限，没有必要整日你死我活。分形橙子的《赞神的宫殿》正面否定"黑暗森林"，勾勒出类似人类文明导师的外星智慧形象。小说里的拉玛文明，虽然染有阿瑟·克拉克《与罗摩相会》中罗摩形象的印记，但比冷酷的罗摩文明热情多了。它们至少将火星改造成第二个地球，赐给人类自救的机会。原因何在？"至少就'拉玛'的所作所为来看，宇宙的真实图景并不是黑暗森林那么简单……文明最大的敌人不是其他文明，而是险恶的宇宙环境，严酷的低温、真空、星体撞击，一个超新星的爆发就足以摧毁一个文明，还有我们尚不了解的其他宇宙灾变……宇宙本身就是生命和文明最大的敌人。只有建立更广泛的合作，才能帮助文明更好地生存下去……合作很可能是唯一对抗宇宙的模式。"[1] 江波的《星落》中的布丁人更是受惠文明眼里善良的神,不仅无意控制或消灭弱小文明,还帮助无智慧的星球保存文明。"文明聚散,是星星间的常事,你无须为此担心。"[2] 布丁文明施惠于人而不求回报,这份洒脱令人神往。善举多与爱心相随,谢云宁的《太阳知道答案》希望在"爱"的基础上构建"云网络"形态的宇宙文明共同体,"不同生命体之间真实的情感交流,亘古以来都是宇宙间微妙而永恒的主题","对于所有发现云网络的智慧文明,云网络都欢迎其加入"。小说承认攻击和争斗总会出现,"一些心怀鬼胎的种族在成功驳入云网后暴露出贪婪的本性,不断侵扰别的种族,疯狂掠夺别族的计算资源,让云网充斥着艰险与争斗",然而"云网中所有文明都必须重新审视自己的提升之路,生命不应只是趋利避害的计算程序","云网络"有干涉文明间冲突的能力,但"是否懂得'爱'仍是我们评判一个文明高低的首要标准"。[3] 如果文明

---

1 分形橙子:《赞神的宫殿》,载程婧波等《冷湖Ⅱ·宿主》,中信出版社2019年版,第473页。
2 江波:《星落》,载全球华语科幻星云奖组委会编《再见哆啦A梦》,万卷出版公司2019年版,第150页。
3 谢云宁:《太阳知道答案》,载全球华语科幻星云奖组委会编《成都往事》,万卷出版公司2019年版,第268、265、269、279、269页。

要自我提升，就不可能总甘于蜷缩在"黑暗森林"之中。

四

矛盾如巨鲸般浮出海面，它不仅存在于科幻小说的想象之中，还存在于文本想象和理论阐释之间。文明间的尔虞我诈、你死我活，的确比充满善意的互助能演绎出更繁复的波折，然而文学上的精彩没有资格宣告想象的正确，恰如真善美可能有交集但无法彼此替代。20世纪90年代以来中国科幻小说就人类/宇宙命运共同体给出了两种不可共存的想象，需要注意的是，这种共同体文学想象又与共同体理论推演产生了矛盾。马克思的"自由人联合体"、习近平总书记提出的"构建人类命运共同体"，指向的是与"黑暗森林"迥异的、充满生机与光明的人类未来。

马克思将共同体理解为人类进行社会交往的方式，共同体是人类的基本生存方式，也将伴随着人类发展而变化。只要人的社会属性不变，人类就总会体现为某种共同体状态。马克思在人的状态由"未异化的局部发展的依赖关系"到"异化的普遍发展的依赖关系"，再到"剥去异化且全面社会化了的依赖关系"的三阶段上,对应性地将共同体的历史形态归结为"本源共同体""虚幻共同体""自由人联合体"三阶段。[1]"自由人联合体"意味着克服资本主义抽象而虚幻的共同体,意味着将人和人的关系从市场竞争的你死我活状态中解救出来。《共产党宣言》强调:"代替那存在着阶级和阶级对立的资产阶级旧社会的,将是这样一个联合体,在那里,每个人的自由发展是一切人的自由发展的条件。"[2] 人终将在自由发展的基础上形成共同体,而不是陷入猜疑、争斗、杀戮的循环,这是马克思和恩格斯对人类历史发展的必然性的揭示。站在人类发展新的历史起点上,习近平提出"构建人类命运共同体",以求建设持久和平、普遍安全、共同繁荣、开放包容、清洁美丽的世界[3],实现人类的共同利益、根本利益和长远利益。马克思主义及其在21世纪的新发展,提供了有别于从滕尼斯到鲍曼等人的共同体理解。"黑暗森林"式场景在"自由人联合体"和"人类

---

[1] 参见徐斌、巩永丹《马克思共同体理论的历史逻辑及其当代表现》,《马克思主义与现实》2019年第2期。

[2] [德]卡尔·马克思、弗里德里希·恩格斯:《共产党宣言》,载中共中央马克思恩格斯列宁斯大林著作编译局编译《马克思恩格斯文集》第2卷,人民出版社2009年版,第53页。

[3] 参见习近平《共同构建人类命运共同体——在联合国日内瓦总部的演讲》,《人民日报》2017年1月20日。

命运共同体"理论的观照下，逐渐暴露出自身想象的裂缝。

"黑暗森林打击都有两个相同的特点：一、随意的；二、经济的。"[1]在《三体》的"茶道谈话"中，掌握宇宙智慧文明许多秘密的智子，曾如此总结高阶文明的攻击方式。可这两个特点有明显的矛盾：彻底的"随意"是不考虑"经济"的。智子强调"所谓经济的，是指只进行最低成本的打击，用微小低廉的发射物诱发目标星系中的毁灭能量"[2]，在本质上，"黑暗森林"打击是"经济"限定下的"随意"。经济意味着什么？一般意义上，经济被理解为满足人类物质文化生活需要的活动，包含对物质和精神的生产、流通、分配、消费诸环节。马克思指出，经济范畴"是生产的社会关系的理论表现，即其抽象"[3]，"社会——不管其形式如何——是什么呢？是人们交互活动的产物……在人们的生产力发展的一定状况下，就会有一定的交换和消费形式"[4]。没有脱离人际交互活动的经济，交流

---

1 刘慈欣：《三体Ⅲ·死神永生》，重庆出版社2010年版，第79页。
2 刘慈欣：《三体Ⅲ·死神永生》，重庆出版社2010年版，第221页。
3 [德]卡尔·马克思：《哲学的贫困》，载中共中央马克思恩格斯列宁斯大林著作编译局编译《马克思恩格斯文集》第1卷，人民出版社2009年版，第602页。
4 [德]卡尔·马克思：《马克思致帕维尔·瓦西里耶维奇·安年科夫》，载中共中央马克思恩格斯列宁斯大林著作编译局编译《马克思恩格斯文集》第10卷，人民出版社2009年版，第42—43页。

即是选择。莱昂内尔·罗宾斯曾对经济学做出一个著名的限定:"经济科学研究的是人类行为在配置稀缺手段时所表现的形式。"[1] "黑暗森林"打击的存在本身,尤其是它对"只进行最低成本的打击"的本质性强调,已经确证了这种打击必然要遵循特定的经济规律,从而是某种生产关系基础上的价值选择。这与人类的战争经验并无二致。"人类战争的发端都是经济原因,打仗的根本目的都是要争夺人口、财产和土地资源的控制。不论军事斗争的手段怎样千变万化,这个根本原因却是从古至今始终如一。"[2] 宇宙间的文明共同体,在根本上仍要遵循人类间构建命运共同体的规律。超远的距离可以随着技术能力的提升得到克服,《三体》已经表明,现有科学认为不可变更的自然规律也可能被文明改造。另外,宇宙虽大但物质总量仍有限度,这与地球资源整体上的有限性也是一致的。将"黑暗森林"打击推演到底的后果就是宇宙不断降维,无可挽回地滑向文明的同归于尽,更何况"低维的资源对高维没有用"[3]。那

---

1 [英]莱昂内尔·罗宾斯:《经济科学的性质和意义》,朱泱译,商务印书馆2000年版,第19页。
2 徐焰:《战争与经济》,人民出版社2014年版,第1页。
3 刘慈欣:《三体Ⅲ·死神永生》,重庆出版社2010年版,第205页。

么，频繁发起打击，对与低阶文明同处一个宇宙的高阶智慧而言，究竟有什么益处呢？

文明发起的攻击，总会受到文明之所以成为文明的那些因素的限制。交流、协商、合作，比猜疑、争斗、毁灭更赢得人心，这是人类文明演化所昭示的道理。马克思关于世界历史形成的论断众所皆知："各民族的原始封闭状态由于日益完善的生产方式、交往以及因交往而自然形成的不同民族之间的分工消灭得越是彻底，历史也就越是成为世界历史。"[1] 沿着这条路径，赖特在《非零年代》中提出，人类历史发展总体朝向"非零和"规则上的日趋复杂的变化："新科技产生，引发或容许新的、较丰富的非零和互动，接着（基于人性中显而易见的原因），社会结构跟着演进，实践这项丰富的新潜能，将非零和互动转化为正面的总和，最后使社会的复杂性更为宽广，也更为深邃……人类的生活终于深植于互相依存的更大更丰富的网络中。""从头到尾，人类的命运就是让彼此的命运越来越密不

---

[1] [德]卡尔·马克思、弗里德里希·恩格斯:《德意志意识形态》，载中共中央马克思恩格斯列宁斯大林著作编译局编译《马克思恩格斯文集》第1卷，人民出版社2009年版，第540—541页。

可分。"¹《赞神的宫殿》等"黑暗森林"模式的反对者,就将未来的想象建筑在这种理论的推演上:"人类最开始是通过简单的血脉组成的家族进行个体合作,众多的血脉家族组成了更大的部落,部落组成了更大的部落联盟,文化认同又让我们组成了国家,国家与国家的合作组成了联合国,现在我们正走在更紧密的合作这条道路上。而现在,我们知道了还有更大的合作可能,从不同的星球上发展出的不同的文明可以进行更广泛的合作,共同对抗严酷的宇宙。"² 而鉴于"黑暗森林"打击最终玉石俱焚的结局,名为"归零者"的高阶文明终于在《三体》的尾声阶段登场,号召各文明将为躲避零和打击而构建独立小宇宙的质量还回大宇宙,以避免大坍缩的宇宙末日降临。"归零者"试图重启宇宙、回到宇宙田园时代的愿望和努力,更像是通过"否定之否定"实现宇宙共同体的实践。"每个文明的历程都是这样:从一个狭小的摇篮世界中觉醒,蹒跚地走出去,飞起来,越飞越快,越飞越远,最后与宇宙的命运融为一

---

1 [美] 罗伯特·赖特:《非零年代——人类命运的逻辑》,李淑珺译,上海人民出版社2003年版,第4、255页。
2 分形橙子:《赞神的宫殿》,载程婧波等《冷湖Ⅱ·宿主》,中信出版社2019年版,第473页。

体。"[1]当然，在朝向人类命运共同体或宇宙智慧共同体的航线上，仍是云谲波诡。

五

科技拥有的塑造未来命运共同体的巨大能量无人能忽视，无论对此前景持乐观或悲观态度，科技都参与社会生活的各个领域。技术"像法律一样统治着我们。它不仅塑造着我们的物理世界，也塑造着我们居住和行动的伦理、法律和社会环境"[2]。善意或恶意的文明共同体关系，只是位于想象两个端点上的极致状态，善意和恶意之间巨大的空白，留给科技介入社会文明后可能产生的复杂变化。20世纪90年代以来中国科幻小说已经注意到，科技介入后的技术统治、智力区隔、人机结合，都影响到人类命运共同体的生成状态。相比于未来命运共同体可能与否的整体想象，这些想象的维度更多地关注了人类共同体某种具体的状态及其隐藏的问题，同时也是对未来共同

---

1 刘慈欣：《三体Ⅲ·死神永生》，重庆出版社2010年版，第509页。
2 [美]希拉·贾萨诺夫：《发明的伦理：技术与人类未来》，尚智丛等译，中国人民大学出版社2018年版，第7页。

体建设面临挑战的思考。

张冉的《太阳坠落之时》讨论了将技术本身作为人类未来社会基础的可能性。如果彻底地依靠技术来运行社会，就会"创造出一种新的社会结构"，在这个社会里，技术"成为城邦文明之间的等价交换物"，"经济行为依托于技术发展"，"人人都是城邦技术集合体的组成部分"。[1] 怀揣着这个共同体理想的"特里尼蒂"组织最终没能实现他们的技术乌托邦理想，但毫无疑问，将未来人类发展的重任都放在科技的肩上是一类流行的想象。技术如何成为等价交换物，什么样的技术能成为等价交换物，此类细节的缺失让未来共同体的想象黯淡许多。与此同时，技术成为"恶托邦"源泉、形成专制型共同体的担忧也始终在场。张冉的《以太》中的"手指聊天聚会"组织，以触觉接触的方式反抗"以太"技术监控下的共同体社会；超侠的《利维坦之殇》在霍布斯的"利维坦"理念上塑造了一个外御强敌、内控人民的无所不能的巨型机器城市，生活在这个安乐共同体中的代价是自由意志的丧失。技术可否被替代？宝树的

---

[1] 张冉：《太阳坠落之时》，载全球华语科幻星云奖组委会编《太阳坠落之时》，万卷出版公司2019年版，第71页。

《我的高考》就试图将智力作为未来共同体的运转轴心。"新制度是严格按照智力区分的等级制度，不同智力阶层之间不相互侵害，但是却拥有不同的政治权限。原来的人类和低阶的智力提升者无权进行统治，而必须绝对服从高阶者的命令，如同儿童要服从大人。"[1] 然而，以智力区隔出阶层并施行统治的制度，同样无法摆脱技术的身影。如果仅仅依靠技术或智力的单方面力量来解决人类命运共同体问题，就必然要简化共同体建构的复杂性。

将人与机器融为一体的赛博格，正是体现共同体建构复杂性的一片疆场。唐娜·哈拉维指出："赛博格是一种控制生物体，一种机器和生物体的混合，一种社会现实的生物，也是一种科幻小说的人物。"[2] 赛博格搅乱了建立在身体之上的人类感觉经验和知识系统，"我是谁"及其引发的问题愈加扑朔迷离。顺着唐娜·哈拉维的视线，赛博格挑战稳定的身份认同，突破清晰的边界意识，引起认识的混乱与冲突。"赛博格神话是有

---

[1] 宝树:《我的高考》，载全球华语科幻星云奖组委会编《太阳坠落之时》，万卷出版公司2019年版，第254—255页。
[2] [美]唐娜·哈拉维:《类人猿、赛博格和女人——自然的重塑》第2版，陈静译，河南大学出版社2016年版，第314页。

关边界的逾越、有力的融合和危险的可能性","我们几乎不能期望得到关于反抗和再结合的更有力的神话"。[1] 更艰难的境况、更尖锐的追问,才能更真实地面对人类共同体的未来。陈楸帆的《荒潮》,正是包含了赛博格等多种因素在内的未来共同体模拟。小说叙述处处引人生疑:硅屿的各方人士,根本不在意摆在面前的改善命运的机会;快到21世纪中叶的硅屿社会,仍保留着宗族制度;数码科技和虚拟技术极为发达,而巫术和非自然现象同样大行其道。有批评兴趣的读者在阅读时可以发现许多文学社会学的介入视角。硅屿固化成镇区和村区两个对抗的空间和阶层,丛林社会是硅屿各方默认的行为准则,外骨骼机器人成为鬼神存在的标志,小米由垃圾人变为赛博格并分裂出"小米0"和"小米1"两种意识,义体增强躯体的快感生产又重组身份认同,历史作为叙事的记忆在数据服务的介入下走向消亡,这一切几乎都在摧毁既有的共识。硅屿的土地上好像无法眺望真正的"自由人联合体"的曙光。

历史总是在克服矛盾中前进,因为未来共同体建构中可能

---

[1] [美]唐娜·哈拉维:《类人猿、赛博格和女人——自然的重塑》第2版,陈静译,河南大学出版社2016年版,第325、214页。

存在的困难而放弃构建共同体的努力，既是理论的怯弱也是想象的偷懒。在一些未来的想象中，文明个体间仅剩下意识或能量的交流，这多少回避了共同体建构的复杂性。何夕的《浮生》认为人的躯体终将消失，生命间的交流仅以能量的形式存在，"合作早已失去意义"[1]。与此类似的是，未经矛盾的克服而直接宣告共同体在未来的实现。如宝树的《黑暗的终结》描绘八百万个智慧种族达成了一致、完成了从形体到政权的统一，从而"永远终结了各种族、文明、智慧体系之间的冲突，再也没有对资源的争夺，再也没有敌意和仇杀，再也没有陷阱和诡计。宇宙成为了我/们，我/们也成为了宇宙本身"[2]。浓郁的乌托邦更多地反映出愿景，而非对问题的深度认知。归根结底，该怎样激发想象未来命运共同体的生命力？

六

必须回到现实的重大问题中来。习近平总书记提出的构建

---

[1] 何夕：《浮生》，载全球华语科幻星云奖组委会编《再见哆啦A梦》，万卷出版公司2019年版，第212页。
[2] 宝树：《黑暗的终结》，载《时间外史》，作家出版社2018年版，第62页。

人类命运共同体理念，旨在以文明交流超越文明隔阂、文明互鉴超越文明冲突、文明共存超越文明优越，创造人类的美好未来。作为21世纪马克思主义理论的重要组成部分，构建人类命运共同体所指向的，正是弊端累累的资本主义全球治理术。"全球资本主义正面临着一场深层次危机，这场危机既涉及棘手的结构层面，即积累过剩的危机，又涉及政治层面，即合法性或霸权的危机，这场深层次危机几乎正在成为资本主义统治的普遍危机。"[1]资本逻辑是世间苦难的根源，同样渗透到未来。宝树在《人人都爱查尔斯》中突出强调了资本无远弗届的力量，依靠脑波传递技术吸引了数量庞大的观众的查尔斯，其飞行技术、运动装备都受控于资本的利润生产。一旦查尔斯想要回归个人生活，资本的代理人立即发出警告："这些公司和机构是一个庞大的利益共同体……如果说有一个幕后大老板，那既不是美国政府也不是罗斯柴尔德家族，而是资本本身。你是整个体系中最重要的环节之一，但绝不是独立的。"[2]查尔斯

---

[1] ［美］威廉·I.罗宾逊：《全球资本主义危机与21世纪法西斯主义：超越特朗普的炒作》，赵庆杰译，《国外理论动态》2019年第11期。
[2] 宝树：《人人都爱查尔斯》，载全球华语科幻星云奖组委会编《金陵十二区》，万卷出版公司2019年版，第252页。

希望挣脱资本掌控下的虚拟共同体、重回真实生活，只能付出生命的代价。无论是聪明的大脑还是先进的技术，资本都能收编；无论是狂热的拥戴还是忠诚的痴迷，都可能受制于资本的驱使。资本主导的包括技术与智力在内的诸多因素走向唯利的共谋，给人类未来命运蒙上巨大的阴影。尤为重要的是，"尽管遇到了严重的挑战和存在普遍的玩世不恭，但没有其他任何世界观达到接近资本主义全球化的意识形态力量或实际成就的程度"[1]。资本主义早已拟就一套自我神话的剧本，如塞壬的歌声般迷魅而危险。

科幻小说的未来共同体想象，必须能跟得上资本主义编写神话的想象力，更应当警惕极具变革性能量的科技被资本收编后，对人类命运共同体产生的异化以及在这种异化过程中同步产生的意识形态幻象。《荒潮》警告说："那个标榜自由、民主、平等的社会，排异与歧视以更加隐蔽虚伪的方式进行。"[2] 这种警惕不主张退回到自然时代，而要关注科技发展对人类社会的影响，重拾批判的武器，追问"观念从何而来，又为谁服

---

1 ［英］莱斯利·斯克莱尔：《资本主义全球化及其替代方案》，梁光严等译，社会科学文献出版社2012年版，第382页。
2 陈楸帆：《荒潮》，上海文艺出版社2019年版，第234页。

务"[1]，无论它是有意识还是无意识。21世纪以来，科技已经充分展示了其改变世界的能力，以大数据、互联网、物联网、人工智能等为代表的新一轮信息技术不断突破，人类的思维和行为都处于变化的进程中，共同体建构的变数也在骤然增多。是在发展中迎接更多的构建新共同体的挑战，还是安于既有的稳定的小共同体生活？刘维佳在《高塔下的小镇》中就设置了这样一组共同体发展时所面临的矛盾：在自动电磁大炮保护下过了三百年衣食无忧的生活，却与外界隔绝的小镇居民，是选择危机重重的前行之途，还是安于现状？女主人公水晶在目睹了黑鹰部落为发展而进攻小镇却被电磁大炮屠杀殆尽后，仍然跨出电磁大炮的保护圈，是因为她坚信只有超越和进化才孕育着希望。"现代共同体构建肩负着一项重大使命：实现对于传统的'共同体'和'社会'概念的批判超越——即通过非自然手段建立包容性联系，实现大范围的个体有机整合。只有通过这种超越，一个取代旧有联系网络、融合整个人类社会的人类命

---

[1] [英] 戴维·麦克莱伦：《马克思以后的马克思主义》第3版，李智译，中国人民大学出版社2016年版，第372页。

运共同体的出现才成为可能。"[1]马克思主义的复兴，也是批判精神的复兴。"只要资本主义制度还存在一天，马克思主义就不会消亡。"[2]马克思主义描绘的共产主义前景，并不是对人类未来的细笔精描。"共产主义存在于人们抵制资本主义、争取自主空间的每一处……存在于对可替代选择的希冀中，体现在人们与资源、所有权、财富、知识、食物、住房、社会保障、自主决定、平等、参与、表达、健康、准入权等各种贫困类型的斗争之中。"[3]在种族、阶层、性别等维度上，需要跨过的共同体沟壑还有很多。为共同体建构而斗争，恰是科幻小说想象未来命运共同体的生命力所在，也为科幻叙事从"实然"描绘到"应然"想象提供了最好的武器。

马克思在《德意志意识形态》中指出："只有在共同体中，个人才能获得全面发展其才能的手段，也就是说，只有在共同体中才可能有个人自由……在真正的共同体的条件下，各个人

---

[1] 刘伟、王文：《新时代中国特色社会主义政治经济学视阈下的"人类命运共同体"》，《管理世界》2019年第3期。
[2] ［英］特里·伊格尔顿：《马克思为什么是对的》，李杨等译，新星出版社2011年版，第7页。
[3] ［瑞典］克里斯蒂安·福克斯、［加］文森特·莫斯可主编：《马克思归来》上卷，"传播驿站"工作坊译，华东师范大学出版社2016年版，第5页。

在自己的联合中并通过这种联合获得自己的自由。"[1] 自由与和谐的统一将在未来人类命运共同体中实现,而科幻叙事必然卷入这漫长而又复杂的过程之中,宛如人类迈向星辰大海。那就让批判性的想象从当下再次出发吧,正如马克思所说的:"这里是罗陀斯,就在这里跳跃吧!这里有玫瑰花,就在这里跳舞吧!"[2]

(原刊《文艺研究》2021年第3期)

---

[1] [德]卡尔·马克思、弗里德里希·恩格斯:《德意志意识形态》,载中共中央马克思恩格斯列宁斯大林著作编译局编译《马克思恩格斯文集》第1卷,人民出版社2009年版,第571页。

[2] [德]卡尔·马克思:《路易·波拿巴的雾月十八日》,载中共中央马克思恩格斯列宁斯大林著作编译局编译《马克思恩格斯文集》第2卷,人民出版社2009年版,第474页。

隐身人：科幻小说人物塑造的隐喻、想象与挑战

威尔斯的名篇《隐身人》对科幻小说意味着什么？詹姆斯·冈恩在《交错的世界：世界科幻图史》中肯定了这部小说在经济效益和文化影响力上的双重成功，并指出小说本身的丰富性。冈恩认为，《隐身人》意在探索"人类在进化过程中无法超越的自身局限"，主人公格里芬的命运就是悖论的叠加，"只有个人才能引发变革，因为社会是保守的"，但"通过反社会手段带来的变革并不一定都是好的"，"每一种新能力和每

一种发明都是有代价的；在获得的同时，你也在失去"。[1] 格里芬无法同时兼顾个人价值与社会变革、科学发明与社会应用，最终沦为这些冲突的牺牲品。亚当·罗伯茨的《科幻小说史》将《隐身人》的矛盾性视为一种有力的融合，认为这是"关于'叙事'自身的传统的一部幻想小说：隐身而无所不知的叙事者，他能够在小说中来回穿梭而不被书中角色所注意，同时对他们的私人行动甚至想法了如指掌"，这部小说的包容性甚至能"将政治、文化、形式和思辨折叠进一个收放自如的文本中"。[2] 罗伯茨基于文学史视角给出的判断，意在提示这部已问世一百二十余年的经典仍有与当前科幻创作对话的潜能。这种对话将至少延伸出以下问题：除了人物形象和叙事视角的融合，"隐身人"能否在其他科幻小说要素间建立起关联？"隐身人"是否隐喻了科幻小说人物塑造的某种瓶颈？"隐身人"是否预示着某些科幻小说独特的人物叙述法则？以人物为切入点，科幻小说如何参与文学性的未来生产？

---

[1] [美]詹姆斯·冈恩：《交错的世界：世界科幻图史》，姜倩译，上海人民出版社2020年版，第118、131页。

[2] [英]亚当·罗伯茨：《科幻小说史》，马小悟译，北京大学出版社2010年版，第161页。

一

　　中外许多科幻小说都曾醉心于"隐身术"的想象，威尔斯的《隐身人》无疑是其中声名卓著者。《隐身人》用"隐"与"显"的张力结构探讨了技术与运用、个人与社会等命题所包含的冲突，展示出隐身技术广阔的想象空间。或许是意识到《隐身人》的成功，年长威尔斯38岁的凡尔纳多次阻止出版自己的《隐身新娘》，因此，《隐身新娘》的知名度也远逊色于它的同胞《海底两万里》和《八十天环游地球》。被隐身主题的独特魅力吸引的作家远不止凡尔纳和威尔斯，历史检索表明，"隐形人这个构思在中国自古就有"[1]。进入20世纪后，谢直君于1917年《小说月报》第8卷第9期上发表的《科学的隐形术》，"是一部非常富有个性的、以隐形人为主题的SF小说"，只不过"在《科学的隐形术》这部作品里，丝毫也找不到对威尔斯描绘的那种人是否真的存在的质疑和苦恼，只是一

---

[1] ［日］武田雅哉、林久之：《中国科学幻想文学史》上卷，李重民译，浙江大学出版社2017年版，第212页。

个劲地陶醉在隐形里。阅读起来，又非常轻快"。[1]对隐身单纯的技术想象带来的阅读享受，延续到了后继的创作中。叶永烈《神秘衣》、吴伯泽《隐形人》、刘学铭等《隐形人现形记》、夏双明《隐形衣》、杨鹏《保卫隐形人》都围绕物理隐身的技术效果做文章，延续了《隐身人》的素材。格里芬的隐身术虽然杀伤力令人胆寒，但其破坏力充其量只能造成短时间内的局部混乱，远远不足以改变传统的社会运行方式。格里芬的威胁对整个社会而言微不足道，很快被群殴至死的他双目圆睁、双拳紧握，徒留一份言犹未尽的不甘。

"隐身"的社会效应将随着科幻想象前提的变动发生变化，新技术的层出不穷明显拓宽了"隐身"的可能性空间。在虚拟技术持续升级的背景中，意识与躯体相分离乃至于取消躯体的可能都已被科幻想象反复操演。肉身甚至不再是生命的载体，遑论感觉、欲望、冲动。繁杂细腻的生命体验沦为一堆冰冷的数据，思想抛下沉重的肉身后尤显轻盈。柏拉图认为灵魂应免受肉体的污染，这一纠结已被灵魂数据化轻而易举地抹除。作

---

[1] [日]武田雅哉、林久之：《中国科学幻想文学史》上卷，李重民译，浙江大学出版社2017年版，第211—212页。

为此类想象的例证之一，于岳的《夺魂者》将躯体与意识分离的技术思路演示得一清二楚，"将人的意识从身体中抽取出来，然后转换为数字编码，传输到几光年之外的义体储存舱，然后再写入新义体的大脑"[1]，这已与现今的文档资料读取和传输几无区别。意识一旦脱离肉身而自由出入其他载体，那么被隐匿或被抛弃的何止是身体。至少，马克思对人的本质"是一切社会关系的总和"[2]的经典论断将遭受新的检验。两个抛弃了肉身、可以自由传输的数字化意识体之间会产生什么关系？如何产生关系？怎样实现其特有的关系再生产？可以肯定的是，某些关系将更为隐晦。江波《洪荒世界》和七月《像堕天使一样飞翔》等科幻小说总会令人想起电影《黑客帝国》，某种人工智能系统制造的虚拟世界彻底搅乱真实世界的秩序，许多肉身沦为虚拟世界的供体乃至累赘。"无数的人接入系统，他们不吃不喝，完全忘掉了依旧存在着的身体，几天之后，身体开始枯萎、死亡，然而这些人浑然不觉。再几天之后，身体变成了

---

[1] 于岳：《夺魂者》，载刘维佳主编《无名链接：中国元宇宙科幻小说佳作选》，新星出版社2022年版，第292页。
[2] ［德］卡尔·马克思：《关于费尔巴哈的提纲》，载中共中央马克思恩格斯列宁斯大林著作编译局编译《马克思恩格斯文集》第1卷，人民出版社2009年版，第501页。

尸体，就像花朵凋谢，从系统中脱离出来，逐渐腐朽。"[1]身体彻底供体化的过程往往意味着全面而深重的压迫，这是数字世界上空驱之不散的如墨磐云。谁会成为供体？为何成为供体？如何成为供体？脱离肉身的意识个体之间是否能实现平等？"他们"之间的交往将遵循怎样的规则？相对于格里芬在其所处时代的"隐身"，数字化时代的去躯体化生存意味深长，躯体的消失或转化创造出新的社会运行逻辑，大幅超越了格里芬当年的眼界。不过，旧的世界并未彻底消失，躺在床上或生存舱里的肉身供体还与现实社会保持着千丝万缕的联系——至少在舱体制造和电力供应等物质生产的层面上是如此，但建筑于旧世界之上的数字空间又在竭力推行自身的运行方式，二者之间复杂的连接与互动就此形成。抛下肉身之后的网络个体是否能实现真正意义上的隐身？无处不在的权力渗透否定了这种可能，数字空间里的权力运行可能更隐蔽或更细致，但仍与可视性深度相关。"一个有能力在网络中隐形的人，那就是这个世

---

[1] 江波：《洪荒世界》，载刘维佳主编《无名链接：中国元宇宙科幻小说佳作选》，新星出版社2022年版，第50页。

界的上帝。"[1]是否被看见有时甚至等于是否能存活,刘慈欣的《三体》系列小说生动地说明了这一点。

"隐身"想象的重心并不在于身体的可视性,而是将视觉性与权力秩序的建构相关联,这种新秩序能重新编排权力主体与对象的位置,甚至构建出迥异的社会面貌。刘慈欣《三体》系列小说中的"黑暗森林法则""黑域""面壁计划"和云天明,都是"隐身"想象在宇宙文明生存推演中的变形或折射,涉及对宇宙权力秩序的理解。"黑暗森林法则"认为,宇宙中的文明体必将秉持零和的生存法则,较高级别文明在消灭低级文明时也要承担自我暴露的风险,因此文明的发展如不能始终保持绝对优势,就只能尽量隐藏自己的存在。假设地球文明能将太阳系改造为低光速黑洞,即"黑域",就等同于把自己反锁进保险柜,以放弃成长权利为代价换取逃出其他文明视线的苟活。只剩下脑组织的云天明的任务也彰显了"隐"与"显"的框架:失去身体的他隐入三体世界内部,以便向人类揭示三体文明的关键信息。"面壁计划"也是这种逻辑的产物,隐藏

---

[1] 江波:《洪荒世界》,载刘维佳主编《无名链接:中国元宇宙科幻小说佳作选》,新星出版社2022年版,第42页。

人类的真实计划，显现给三体文明的始终是假象。在"黑暗森林"建构的宇宙零和状态中，刘慈欣通过诸多细节将"隐身"想象推向某种极致：由个体的隐身升级为整个人类文明在宇宙中的隐身，凸显出一种人类社会既熟悉又陌生的、残酷的宇宙权力秩序。生存权与可视性息息相关，被看到即意味着文明的倒计时被触发，这距离格里芬发明隐身术时的个人恩怨纠葛已经相当辽远。

二

　　从技术发明到社会应用的效果推测、从个人恩怨到权力博弈的秩序建构，隐身术携带的"隐"与"显"的结构浸透了许多科幻想象的主题。亚当·罗伯茨注意到，格里芬充分展示出隐身术和小说全知视角之间的张力，深度回应了"叙事"自身的传统。可以进一步补充的是，格里芬的"隐身"既是小说实现个体价值认同的想象内容，也是科幻小说人物塑造所面临的境况的隐喻。通过格里芬的隐身，小说的人物形象及其塑造方式得以合二为一。

　　隐身术寄托了格里芬在恶劣的科研环境中出人头地的梦

想,他渴望众人的景仰,绝非"大隐隐于市"的信奉者。他激愤地给奥利弗教授扣上两顶大帽子——"科学界的流氓""学术思想的窃贼",直言奥利弗的背后还有一整套不公正的体制在压榨学界后辈。发明隐身术是格里芬实现自我价值的利器,他如此慨然自陈:"我豁然开朗,眼前清晰地浮现出隐身术给人类社会带来的壮阔前景——神秘、权力、自由。毫无任何缺点可言。你想想看吧!而我这样一个乡村学院的小小助教,衣衫褴褛,穷困潦倒,饱受约束,还成天给一群蠢货讲课,转眼间有可能成为——那样的人……随便哪个人,我告诉你,都会投身于这项研究。我潜心钻研了三年,克服重重困难,一次次攀登难以逾越的科学高峰。其中有道不完的艰辛!"[1] 尽管动机的合理性不能替格里芬日后的唯利是图、走火入魔脱罪,但隐身术研发背后渴望认同的焦虑,也得到许多科幻小说的呼应。在被视为第一部科幻小说的《弗兰肯斯坦》中,心怀犯罪快感而频繁出没于藏尸间收集尸块的科学家弗兰肯斯坦和他的人造怪物,都在不同程度上被社会拒弃。就此而言,《隐身人》

---

[1] [英]赫伯特·乔治·威尔斯:《隐身人》,顾忆青译,天津人民出版社2020年版,第126、127页。

继承了科幻小说认同焦虑的传统。许地山《铁鱼底鳃》、何夕《伤心者》、王侃瑜《链幕》、王威廉《野未来》、王伟《新年》等都从不同角度涉及个体的社会认同焦虑，这些作品中人物的内心都饱受被人漠视的煎熬。《三体》中的1379号监听员通过某种行为的价值确定来弥补认同缺失的缺憾："我是个小人物，生活在社会的最底层，没有人会注意到我，孤独一生，没有财富没有地位没有爱情，也没有希望。如果我能够拯救一个自己爱上的遥远的美丽世界，那这一辈子至少没有白活。"[1]以让众人不可视的方式实现自己被万众瞩目的社会认同，威尔斯给格里芬发明隐身术的安排带着浓郁的悖论感。

格里芬的悲剧结局再次凸显人的社会属性。无论是在物质的生产与消费方面，还是在认同的需求与实现方面，个体总要与他人互动。与弗兰肯斯坦的造物一样，能隐身的格里芬因被视为怪物而遭弃，然而，不被社会接纳并非小说人物塑造失败的标配。就小说所塑造的人物而言，能否被其周边认同并不影响其文学经典性，阿Q就是明证。这个流浪雇农不仅被赵老太爷、假洋鬼子、赵秀才之类的名流侮辱，也被吴妈、小尼

---

[1] 刘慈欣：《三体》，重庆出版社2008年版，第269页。

姑、王胡和小D这样的民众厌恶。可阿Q的形象和际遇却以丰富的美学能量冲击许多抽象的概念——比如"启蒙"和"阶级",表现出文学经典独特而持久的魅力。《隐身人》里的格里芬在这方面无法与阿Q比肩。虽然格里芬以隐身术充满悖论地表达出某种普遍的认同诉求,隐身术也屡屡被后来者津津乐道地演绎,但格里芬作为科学狂人的形象并不见得声名远扬——至少和玛丽·雪莱的弗兰肯斯坦和史蒂文斯的"化身博士"海德等相比是如此。《隐身人》的魅力大半来自隐身术及其社会效应的营造,而非人物形象。格里芬的隐身术同时是主角认同困境和科幻人物塑造乏力的隐喻,至此,小说内容和小说叙事要素间的关联已水落石出。

许多科幻作家和研究者都承认,科幻小说的确存在人物塑造乏力的现象。格里芬定然难入艾萨克·阿西莫夫的法眼,阿西莫夫将科幻小说中的反派科学家筛分为任意妄为型、疯狂型、残暴型、狂妄自大型、冷漠型五种,但强调"以上5种类型的反派角色没有一类塑造得令人满意"[1]。阿西莫夫并非刻意

---

[1] [美]艾萨克·阿西莫夫:《阿西莫夫论科幻小说》,涂明求等译,安徽文艺出版社2011年版,第56—57页。

挑剔，在他看来这是整个科幻文类的共性："科幻小说在对人物的塑造上是无法与主流小说相比的……相对主流小说而言，科幻小说中的人物塑造所占分量要轻一些。"[1]格里芬和隐身术之间，谁是威尔斯心中真正的主角？对此，冈恩同样不会投票给格里芬，他的理由是："在科幻小说中，想法比什么都重要，而场景比人物更重要，人物只是传达想法的精练了的工具。"[2]也就是说，隐身术操控格里芬，就像"看不见的手"在指挥企业家。在布赖恩·艾特贝瑞眼中，20世纪50年代最重要的科幻杂志《银河科幻》差不多就是苍白人物形象的长廊，"核心人物大多是这样的类型：连续不停地吸烟，衣服皱皱巴巴的，醉酒醺醺的广告商，还扬言宁愿在乡下编辑周报。女性人物一般不怎么样：有些是化身的外星人，几乎所有女性人物的动机和感知都让人难以理解"[3]。这些衣衫褴褛、神志不清的人物难以赢得读者对经典人物等量的尊重。因此，人物形象几乎

---

[1] 〔美〕艾萨克·阿西莫夫：《阿西莫夫论科幻小说》，涂明求等译，安徽文艺出版社2011年版，第54页。

[2] 〔美〕詹姆斯·冈恩：《交错的世界：世界科幻图史》，姜倩译，上海人民出版社2020年版，第304页。

[3] 〔英〕爱德华·詹姆斯、法拉·门德尔松主编：《剑桥科幻文学史》，穆从军译，百花文艺出版社2018年版，第104页。

难以对科幻想象做出重大的美学贡献,就如同隐身一般消失不见。刘慈欣坦承,"到目前为止,成为经典的那些科幻作品基本上没有因塑造人物形象而成功的",尽管"从不长的世界科幻史看,科幻小说并没有抛弃人物,但人物形象和地位与主流文学相比已大大降低"。[1]检视中国本土的科幻创作,阿西莫夫等人的判断似乎也可平移。"晚清科幻小说往往忽略了科技发明者的形象刻画,因此在人物肖像描写上,并未突破传统小说诗话、格套化的写作模式"[2],人物性格趋同。吴岩认为20世纪末期的中国科幻文学"作品在社会深度和人物性格开掘上还无法取得令人满意的成果"[3]。科幻人物形象苍白的顽症普遍存在于科幻文学发展的各阶段,纵使名家也难以彻底解决。"科幻小说常常被诟病为不食人间烟火,主人公写得人不像人鬼不像鬼,即便是当前最重要的科幻作家,在这些领域中也仍然存在

---

1 刘慈欣:《从大海见一滴水》,载《最糟的宇宙,最好的地球——刘慈欣科幻评论随笔集》,四川科学技术出版社2015年版,第112页。
2 林健群:《晚清科幻小说的人物与情节研究》,载吴岩主编《贾宝玉坐潜水艇——中国早期科幻研究精选》,福建少年儿童出版社2006年版,第163页。
3 吴岩:《世纪之交的中国科幻(上):20世纪末》,载《追忆似水的未来》,湖北科学技术出版社2014年版,第56页。

着许多不足。"[1]即使是科幻名作,同样未能跳出随意处理人物的窠臼。《三体》系列小说第一部中的主人公之一汪淼就在第二部里突然消失了。隐身术可以担当《隐身人》的主角,自然规律、地外文明乃至语言符号等自然也都能胜任,科幻创意的能量足以支撑小说的魅力。阿瑟·克拉克的《2001 太空漫游》中神秘的黑石板、《与罗摩相会》中远超人类文明认知的空心圆柱体、《神的九十亿个名字》中语言符号与真相的关系,这些非人元素构成小说的真核。毫无疑问,人物在科幻小说中如果以近于"隐身"的状态存在,对传统的文学批评家和读者的认知习惯是一种挑战。

三

爱·福斯特曾预估到科学大规模介入小说将影响人物的塑造,但他同时对人物在小说中的重要性保持信心。福斯特解释说:"我们将会有那样的动物,他们既不是象征性的,也不是乔装成的小小的人,既不是会走动的四条腿桌子,也不是会飞

---

[1] 吴岩:《燃烧的星球》,载《追忆似水的未来》,湖北科学技术出版社 2014 年版,第 25 页。

的彩色纸片。那是科学依据给小说提供新鲜主题来扩大其领域的途径之一。但是迄今还没有提供这种帮助,在那一天到来之前,我们可以说故事中的角色总是人,或自称为人的人。"[1]人物在普通读者的阅读经验中占据要津,许多文学名著在读者的记忆中可以简化为经典的人物形象。《三国演义》差不多就是刘、关、张加诸葛亮和曹操,《水浒传》怎能少了宋江、武松、林冲和李逵,《红楼梦》可以看成林黛玉、薛宝钗们和贾宝玉的耳鬓厮磨,《西游记》的聚光灯几乎始终跟着取经四人组。如果小说以主人公姓名命名就更方便了,如《包法利夫人》《堂吉诃德》《安娜·卡列尼娜》《简·爱》和《约翰·克利斯朵夫》。人物的重要性也并非与生俱来,不是所有的批评家都优先考虑人物塑造。亚里士多德认为,情节的重要性排在人物性格之前,人物性格不过是情节图式这部机器里的齿轮;西方现代主义兴起后,削弱人物在小说中地位的尝试连绵不断,甚至有人高喊"人物已死"[2]。中国文艺传统中,街谈巷语、道听

---

[1] [英]爱·福斯特:《小说面面观》,方土人译,载[英]珀·卢伯克、爱·福斯特、爱·缪尔《小说美学经典三种》,方土人、罗婉华译,上海文艺出版社1990年版,第236页。
[2] 南帆:《文学理论十讲》,福建教育出版社2018年版,第117—118页。

途说的来源决定了早期小说侧重于情节离奇的娱乐性；与早期小说出现时段大致相同的诸子寓言，提供的则是迥异于日常的人物形象、贴近神异的自然界或超验世界之物。大体上说，从文学内部看，史传写作的发达为小说向以人物为中心转变奠定坚实基础；从文学与社会的关系看，人物逐步成为叙事的目的或中心是社会化程度加深的结果。自然，"小说表现、刻画人物的能力，也随着社会生活幅度变宽而拓展，随着社会生活复杂性加强而日趋精细"[1]。总之，人物在小说中的重要地位是历史的产物，也可能随着时代的发展发生变化。

历史可能是最深层的原因，也可能是最漂亮的借口。既然人物在小说中的重要性由历史赋予，那么科幻小说中人物分量的下降乃至"隐身"是否也可托历史之名搪塞？阿西莫夫在分析科幻小说塑造人物的难度时直言："这并不意味着糟糕的人物塑造就是理所当然的了，或者，作者明明能写得更好，却要吝啬笔墨。"[2] 若以1818年《弗兰肯斯坦》问世为起点，科幻小说基本上与形成于19世纪30年代的西方现实主义文学同步发

---

[1] 杨劼：《普通小说学》，江苏文艺出版社2011年版，第124页。
[2] ［美］艾萨克·阿西莫夫：《阿西莫夫论科幻小说》，涂明求等译，安徽文艺出版社2011年版，第54页。

展。在达科·苏恩文看来，二者之间颇有相似之处。他将认知性和陌生化的互动、结合视为科幻小说想象展开的关键，而这两者均建立在现实主义的逻辑基础上：陌生化使科幻小说的叙事内容异于现实主义文学；认知性则使科幻小说区隔于神话、民间故事和奇幻故事，保持与现实主义相同的叙事逻辑。[1]因此，"从根本上看，科幻小说是一种发达的矛盾修饰法，一种现实性的非现实性，要表现人性化的非人类之异类，是根植于这个世界的'另外的世界'"[2]。可在相同的历史语境和叙事逻辑下，小说人物塑造的效果却大不相同。

众所周知，现实主义文学对人物描写投入了大量精力，"典型"概念突出反映了这一点。现实主义文学理论将拥有强大共性的个性人物称为"典型性格"，围绕着典型性格的讨论形成了影响深远的理论主张。典型性格试图指挥人物形象有机地衔接历史远景，寓言式地暗示历史的运行轨迹，暴露人物性格的政治历史内涵，希望以个体命运反映社会关系的合力，

---

[1] 参见〔加〕达科·苏恩文《科幻小说变形记》，丁素萍等译，安徽文艺出版社2011年版，第7—8页。
[2] 〔加〕达科·苏恩文：《科幻小说变形记》英文版原序，丁素萍等译，安徽文艺出版社2011年版，第12页。

使所有的性格和行为都能在清晰的总体历史蓝图中得到诠释。[1]据此看来,典型性格的艺术逻辑难道不正适合科幻小说的人物塑造?巴尔扎克说过,"'典型'指的是人物,在这个人物身上包括着所有那些在某种程度跟它相似的人们的最鲜明的性格特征;典型是类的样本。因此,在这种或那种典型和他的许许多多同时代人之间随时随地都可以找出一些共同点"[2],"艺术作品就是用最小的面积惊人地集中了最大量的思想,它类似总结"[3],这种逻辑科幻小说并不陌生。擅长于提供文明的总体性远景想象、突出科学技术对文明进程的决定性影响、以科技发展做思想实验的科幻小说,不正好充分发挥叙述"集中""抽象""总体""共性"的优势?况且与现实主义文学相比,科幻小说还拥有随时抛下日常的便利。现实主义文学以"阶级"填充典型人物的"共性"时,往往遭遇日常经验的质疑与抵触。日常充沛的感觉与细节四处出击,挑战阶级身份之于人物塑造

---

[1] 参见南帆《文学理论十讲》,福建教育出版社2018年版,第121—124页。
[2] 〔法〕巴尔扎克:《〈一桩无头公案〉初版序言》,程代熙译,载古典文艺理论译丛编辑委员会编《古典文艺理论译丛》第10册,人民文学出版社1965年版,第137页。
[3] 〔法〕巴尔扎克:《论艺术家》,程代熙译,载伍蠡甫、胡经之主编《西方文艺理论名著选编》中卷,北京大学出版社1986年版,第99页。

的决定性地位。《阿Q正传》的艺术魅力在于通过阿Q的言行举止表明,这个流浪雇农离革命理论和启蒙设想对他的预期还有相当距离,阶级身份没有一劳永逸地推动他走向心灵和躯体的解放,同样的问题也发生在闰土和祥林嫂身上。然而,科幻想象恰恰有权屏蔽日常的繁杂,排除科技之外的诸多不确定性,或者说,科幻想象能提供日常力所不逮的科幻细节,比如"宏细节"。在刘慈欣看来,"宏细节"在宇宙的尺度上展开想象,能轻易纵横数以亿年计的时间和数以百亿光年计的空间,类似于"长篇梗概"的"宏细节"是"最能体现科幻文学特点和优势的一种表现手法"[1]。如此看来,科幻小说应能比现实主义文学更理直气壮地尝试巴尔扎克所说的"总结",进而贡献科技语境中具有某种共性的典型形象。

可正如阿西莫夫等科幻研究者所言,科幻小说中的人物几近"隐身",并未在典型人物的塑造上进一步发挥自身的体裁优长,或者找到克服典型理论缺陷的新路径。刘慈欣的《三体》系列小说不正是关于人类文明远景的总体性想象吗?不正

---

[1] 刘慈欣:《从大海见一滴水》,载《最糟的宇宙,最好的地球——刘慈欣科幻评论随笔集》,四川科学技术出版社2015年版,第110页。

恰好展示了科技之于文明的决定性作用吗？不也清晰地勾勒出特定技术社会化应用后的人类思想状态吗？不同样提供了包括曲率驱动、宏原子核聚变、概率云、弦论、量子力学等科技想象的细节吗？然而，没多少读者有勇气申明《三体》的优长在于塑造出哪怕是典型人物意义上的经典人物形象，尤其在小说毁天灭地、再造宇宙的思想能量衬托之下。用亚里士多德的眼光来评价，《三体》系列小说证实了情节对人物性格的压倒性优势。如果以阿西莫夫"不意味着糟糕的人物塑造就是理所当然"的判断排除了科幻小说"有能力但不在乎写好人物"的可能，就有必要追问科幻小说在塑造人物方面究竟面临着怎样的掣肘，以致人物的"隐身"难以克服。

四

科幻小说与传统现实主义小说的明显区别在于科学幻想元素的加入。科幻元素介入小说内容、形式、思想、叙事等各个方面，既能叙述现实主义所能叙述之事，也能重构传统现实主义所依赖的既有社会秩序乃至整个世界。人物置身之处的变化如此巨大，许多科幻研究者都将其作为理解科幻小说的关键。

冈恩认为"科幻小说的立足之本不是传统元素,而是引领人类进入未知未来的变革与变化","归根结底,对于科幻小说,对于我们,对于整个人类来说,环境才是最重要的"。[1] 阿西莫夫对科幻想象建造的新世界提出了很高的要求,"一部好的科幻小说所描述的社会通常与我们熟悉的这个社会截然不同。那是个从未存在过的、完全虚幻的世界。即使是在展开情节时,对小说中虚构社会的构建也应该尽可能详尽,并且不能自相矛盾。对社会背景的构思不能草草了事,而应该使它尽可能地与故事情节一样吸引读者的眼球"[2]。这个标准与苏恩文的认知性和陌生化如出一辙。周遭环境的重大变化必然改变人与世界相互作用的方式,人类通过有意识的实践改造客观的方式和对象都发生了变化。"主流小说写到的多是人际关系的微妙,而科幻话语则往往是关于人与世界、人与宇宙的关系。"[3] 某种意义上,这甚至触发重新定义"人"的契机。牺牲人物的复杂性以

---

[1] [美]詹姆斯·冈恩:《交错的世界:世界科幻图史》,姜倩译,上海人民出版社2020年版,第326、304页。
[2] [美]艾萨克·阿西莫夫:《阿西莫夫论科幻小说》,涂明求等译,安徽文艺出版社2011年版,第54页。
[3] [英]爱德华·詹姆斯、法拉·门德尔松主编:《剑桥科幻文学史》,穆从军译,百花文艺出版社2018年版,第50页。

成全人物与所处的新环境之间的合理关系的想象，就成为实践性的策略之一。"在科幻小说中，人物的复杂性或敏感性并不重要，重要的是从宇宙的视角来看他的存在是否合理，他的观点与我们所知的统治世界的物理法则是否冲突。通常情况下，科幻小说呈现的都是处于陌生环境下的非复杂人物，他们在熟悉的情感的推动下做出不同寻常的举动。"[1]"非复杂人物""不同寻常的举动"所受的支配正来源于想象搭建的"陌生环境"。

社会性的"陌生环境"比自然性的"陌生环境"拥有更广阔的想象空间和更复杂的变数。通常来说，社会性的"陌生环境"源于科技介入的巨大影响，包括经济基础和上层建筑在内的人类社会运行的整套逻辑因之发生变化。无论是短时间内的整体性重构，比如突如其来的外星人入侵可能在两个小时内造成人类社会不可逆的剧变，或是从某个角落蔓延到社会整体的渐变，比如某种技术的运用或病毒的扩散在经年累月中逐步改变人类社会的运行逻辑。总之，旧日熟悉的世界已经失落，青山不再、夕阳难红，江渚上可能矗立着眼泛红光的巨型机甲。

---

[1] ［英］詹姆斯·冈恩:《交错的世界：世界科幻图史》，姜倩译，上海人民出版社2020年版，第304页。

变动的经济基础、上层建筑、文化生产、审美逻辑、情节想象，都可能是科幻小说塑造人物的前提。变化的世界对人类个体造成怎样的冲击？这种冲击如何重构人类的认知系统，又是否能建构新的美学标准？如何想象新审美标准的发生机制？如何建立评价这种新审美逻辑的批评机制？这些问题都与科幻想象如何处理人物形象紧密相关。过往的文学经验在巨大的变数面前几近沉默。古典主义、浪漫主义、现实主义、现代主义、后现代主义，都离不开历史或当下的经验世界，无论想象瑰丽多姿还是古朴苍劲、严谨绵密或者荒诞不经，它们都必然从现实的起点出发。格里高尔醒来之后发现自己变成被家人唾弃的甲壳虫，唐僧师徒四人千山万水降妖伏魔，诸葛孔明观天象而知命数，公孙胜呼风唤雨撒豆成兵，人物想象的千奇百怪总会在不同的角度和层面向现实收缩，怪力乱神依然服从世间的人情世故，武侠、玄幻、穿越、修仙的光怪陆离同样受力比多隐秘而强劲的驱动。而科幻小说的人物塑造远远没有那么自由，科幻人物看似可以自由出入地心、海底或外太空，但他们置身的世界却需要经过想象的精心打磨，以迎接理性的严格检验。"新生事物是指历史性的新发明或者新奇事物……新生事物就像是一个发明或发现，人物和场景以一种令人信服、有史可考的方式围绕着它组织起来。新事物是物质过程的产物,在物质社会,它的原因导致的结果是符合逻辑的,就历史逻辑而言,不管是技术科学史还是社会制度史,它都貌似是合理的。"[1]叙事者在让科幻人物登场之前,需要考虑相当多的细节铺垫和环境设置,这是相对于现实主义作家而言的重负。

阿西莫夫感叹:"要同时顾及社会背景的构建和故事情节的发展,是一件极其困难的事情,这就要求作者必须全神贯注。这样一来,能够放在人物塑造上的注意力就少多了。自然而然的,小说中人物的发展空间也就小了。"[2]克拉克的《2001太空漫游》《与罗摩相会》《神的九十亿个名字》等作品之所以能忽略人物而又被视为科幻经典,就在于其建构新世界的想象已经足够新奇而精致。正如早期小说并不热衷于人物塑造一样,历史的发展为科幻想象提供充足的选择余地。营造新的自然环境或社会背景压缩了人物的叙事空间,还引发社会背景和人物活动的关系变化。"在科幻小说中,人物总是不变的,变

---

[1] 〔英〕爱德华·詹姆斯、法拉·门德尔松主编:《剑桥科幻文学史》,穆从军译,百花文艺出版社2018年版,第230—231页。

[2] 〔美〕艾萨克·阿西莫夫:《阿西莫夫论科幻小说》,涂明求等译,安徽文艺出版社2011年版,第54页。

化的是环境。作为读者,我们无法同时接受不一样的环境和不断变化的人物,因为这让我们彻底失去了参照点,失去了让我们理解变化意义的标准,也失去了意义本身。"[1]环境和人物同时处于变动之中将导致读者无法建立起理解的支点,相对于现实主义以现实社会背景为常量、以人物为变量,科幻小说的特性决定它只能反其道而行之:"科幻小说将人的基本情感和冲动作为常量,科幻人物总是身负传递想法的任务,对此不甚了解的批评家则指责这些人物过于刻板或僵化。有时的确如此,但通常情况下,科幻人物充当的是代言人的角色,而不是个人的角色,只有在他们成为典型代表的情况下,他们的情感才更为重要,并会导致关乎整个群体生死存亡的行动。"[2]熟悉现实主义理论主张的读者将在此捕捉到"典型代表"的表述。

---

[1] [美]詹姆斯·冈恩:《交错的世界:世界科幻图史》,姜倩译,上海人民出版社2020年版,第304页。
[2] [美]詹姆斯·冈恩:《交错的世界:世界科幻图史》,姜倩译,上海人民出版社2020年版,第304页。

五

现实主义的典型理论提供了一系列生动的人物形象，相比于现代主义和后现代主义，现实主义中的人物塑造可能更贴近大多数科幻小说的预期，尽管现实主义的阶级视角不可避免地遭遇多方的侵蚀与质疑。个体的身份总是多样且多变，个体性格和宏大叙事之间的关联在后现代主义文化语境中加速脱钩，以阶级身份作为塑造典型人物的中轴危机重重。科幻小说擅长想象某种总体性的未来，乐于用"宏细节"之类的科技设置替换日常烟火，这有助于避开现实主义典型理论遗留的尴尬。可如前文所述，尽管可资借鉴之处看似颇多，但现实主义的典型形象并未助推科幻人物塑造成功跃向新的美学境界。科幻小说甚至难以借鉴典型塑造的逻辑，而要用某种共性元素——比如科技——来支撑人物塑造。

与其说科幻小说塑造了很多经典的典型人物，不如说科幻小说批量生产了类型人物。前者建立在美学复杂性的提炼上，鲜明地呈现出某种社会属性，而后者更多表现为人物性格和美学面目的单一。作为区别于其他小说的标志，科技能为科幻小说的经典人物塑造提供充沛的能量吗？"阶级"曾经充当典型人物的共性标尺，这个词条涵盖了系统的理论分析、判断和设计。《共产党宣言》宣告："至今一切社会的历史都是阶级斗争的历史。"[1]阶级蕴含着理解历史和通向解放的密码，但把握社会历史的视角不止阶级一种。阶级与社会财富占有的多寡和方式有关，也同生产发展的特定历史阶段相联系；种族以体质形态上共同的遗传特征为标记，又与"民族""族群"等概念密不可分；性别的识别可以依靠可视的生物性，包括性征差异及建立在此基础之上的文化差异。依据这些标准，"阶级""种族""性别"等词都能梳理出一套以自身概念为核心的历史，如阶级斗争史、民族史、女性史等。显然，这种梳理包含了该词能出任某种社会关系的轴心，进而整体性地把握社会历史的期望。阶级、种族、性别都能从各自的角度指向人类的解放。如果说阶级意味着统治者与被统治者的区分，意味着阶级斗争和通过其必将降临的未来，包括小说在内的文学可以展示政治教科书所无法携带的阶级解放的生动图景和细节，那么科技对文学意味着什么？

---

[1] ［德］卡尔·马克思、弗里德里希·恩格斯：《共产党宣言》，载中共中央马克思恩格斯列宁斯大林著作编译局编译《马克思恩格斯文集》第2卷，人民出版社2009年版，第31页。

科技不是阶级、种族、性别，它无法提供某种清晰的区分标准，甚至"科技"一词本身就由"科学"和"技术"这两个联系紧密但又完全不同的概念合成而来，连"科学"是什么都众说纷纭。不同的观测角度将描摹出不同的科学面相，"科学似乎呈现出某种矛盾状态，科学是人类的一项事业，但它在本质上似乎又与人类无关，它的理论、概念甚至实体都是由人类提出来的，它们被提出来以后就仿佛自古至今一直存在于那里，获得了客观的称号"，"科学既是一种试图超脱社会俗务的超越性的知识，又是一种在社会中运行并拥有自己独特的运转机制的社会体制"，甚至"科学一词代表的并不是少数人所掌握的真理，而是多数人所坚持的意见"。[1] 布洛克斯梳理出的"科学"的意义同样五花八门："激进的、唯物主义和无神论的；被法国大革命所鼓动和感染的；功利主义或自然神学的表达；维系社会稳定的实用知识和对于社会变革来说真正有用的知识；安全的科学和危险的科学。"[2] 从个体身份的角度出发，

---

[1] 刘鹏:《社会中的科学与技术》，南京大学出版社2017年版，第130、45、59页。
[2] ［英］彼得·布洛克斯:《理解科普》，李曦译，中国科学技术出版社2010年版，第22页。

科技可能意味着科学原理的探究者、具体技术的研发者、科技至上论的信仰者、特定技术的受惠者、专项技术的操作者、技术决定论的质疑者、技术美学的创新者、技术成瘾者等等,这些身份之间并没有形成"统治者"与"被统治者"、"压迫者"与"被压迫者"、"殖民者"与"被殖民者"、"男"与"女"等概念那样明显的权力结构。重度依赖智能手机的青年甲,在沉溺于手机游戏和短视频的同时,可能还是一个坚定的反网络监控技术人士和电子假肢技术的受惠者,科技对他意味着什么?尽管可以言之凿凿地宣称未来的世界属于科学技术,但显然,单纯依靠"科技"这个概念,无法获得把握总体性世界的视角或理念。不同作者对科技未来发展的判断南辕北辙,乌托邦或恶托邦都可能出现在同一地平线上。

陌生的环境和充满变数的科技未来,还不是科幻人物要面对的全部。科技和环境包含着许多可变的因素,科幻人物与科技、环境之间的相互作用则更为复杂。比起在既有社会历史背景中塑造作为"似曾相识的不相识者"[1]的典型人物,塑造科

---

1 〔俄〕别林斯基:《论俄国中篇小说和果戈理君的中篇小说》,载《别林斯基文学论文选》,满涛、辛未艾译,上海译文出版社2000年版,第159页。

幻小说的人物要立足于对科技、自然、社会三者互动的整体把握。"技科学"（technoscience）在分析科学研究的进程时发现，科学、自然和社会往往因相互纠缠而无法分出彼此的边界，在科学技术的发展中，"传统自然与社会之间的稳定结构被打破"，"科学、自然、社会都得到了重构"。[1] 科幻人物就活动在这充满变数的重构过程中。想象要落实到具体的叙事演绎时，就会发现整体性地把握这种系统性互动的推进，真是荆棘丛生。大卫·普鲁什对文学的艺术把握能力寄予厚望：文学"更加胜任对某些现实进行描述的任务。文学以它高度成熟的话语对宏观世界中受到时间限定并且处于变动的、不稳定状态的有机生命和人类活动进行概括和描述"[2]，但这种描述需要意识到现实和抽象之间存在的冲突，并克服对世界的简单化和统一化理解。"在我们生活于其中的世界里，大部分现象十分复杂，而且充满了不断增加的各种形式和反作用力；边界，宏观结构中充满了微观结构。现实世界崎岖不平，纹理错综，喧嚣不停，无法预测。此外，我们不容易根据科学话语以一种简单

---

[1] 刘鹏：《社会中的科学与技术》，南京大学出版社2017年版，第25、27页。
[2] ［美］大卫·普鲁什：《普利高津，混沌，以及当代科幻小说》，王丽亚译，载王逢振主编《外国科幻论文精选》，重庆出版社2008年版，第75—76页。

而富有逻辑的方法对这一现实进行描述……根据这样一种简单化、统一化的思维习惯去设想一整套认识论——坚信自然在本质上是简单的——显然会使我们与周围的事物发生冲突。"[1] 毋宁说,大卫·普鲁什希望科幻等文学叙事能提供优于科学的对复杂变化的世界的艺术把握。

建立起在马克思"一切社会关系的总和"逻辑基础上的系统关联意识,是塑造科幻人物时必要的思维基础。系统关联意识包括两个层面,一是科学技术介入诸多社会关系后产生的系统关联,二是建立于其上的文学话语和诸多人文社会学科话语之间的系统关联。前者能逐步改变现实生活及其运行方式,后者直接影响到科幻小说的主题设置和形式创新。传统文学的人物性格基本产生于各种现实社会关系的网络中,而科幻小说的人物塑造至少要考虑如下变化:新科技元素介入后自然环境的变化,诸多社会关系的变化,文学与诸多学科话语之间关系的变化,文学自身叙事方式的变化。在科幻想象的发生机制中,科技、自然、社会三者之间,社会关系、知识话语、文学叙事

---

[1] [美]大卫·普鲁什:《普利高津,混沌,以及当代科幻小说》,王丽亚译,载王逢振主编《外国科幻论文精选》,重庆出版社2008年版,第74页。

之间，都形成犹如"三体运动"般复杂难测的关系。科技、自然、社会三者之间构成复杂的关系综合体，社会关系、人文话语、文学叙事三者也同样如此。这种马克思式的想象方式——从物质生产到上层建筑——对世界的重构，几乎耗尽了科幻小说的叙事内存，使它很难再给人物形象塑造预留充分的运算空间。"三体人"试图求解三个可视为质点的天体在相互的引力作用下的运动规律而终不可得，科幻人物塑造就像求解"三体问题"，要在因素的相互运动中寻找有规律的现实轨迹，但科幻人物塑造往往又难以从历史和社会的复杂联系中获得直接的能量支撑。哪些因素影响了这个人物？这些因素如何相互纠缠并产生合力？这些因素的作用孰轻孰重、孰长孰短？这些因素可以避开叙事的聚光灯，但却一定要为科幻叙事的人物活动搭建出合理、合适的舞台。在千丝万缕、或明或暗、时重时轻的诸多因素合力作用下，科幻人物得以在其所处的新环境中亮相，这次亮相可能经历了不为人知的漫漫征途。

六

"改造时间与空间的物理常识远比改造社会历史的结构容

易得多。"[1]拥有宏大想象规模的科幻小说把玩宇宙万物的方式，往往脱离不了对人类社会历史经验的依赖。科幻小说在心理学和叙事学的人物塑造上未必优于主流小说，科幻人物仍要活动在受系统关联效应掌控的社会历史领域中。"所有关于科幻小说的一般性陈述都只能是一种协商，它的一方是经验性的事实证据，另一方是逻辑上以及社会历史性上都可予以辩护的观念及观念体系"，应"力图至少是采取了一种系统性的论述，以证明历史和社会不仅是小说的语境，而且是融于其间的要素，无论如何，它们以一种密不可分的方式对小说进行了塑形，就像堤岸之于河流，空白之于字迹"。[2]威尔斯有意凸显隐身技术应用与传统社会运行的矛盾，格里芬和隐身技术迅速被大众抛弃证实了社会历史语境的强大。这种强大如此无情，以至于读者可能会忘却了隐身本身在技术逻辑上的错误。

许多科幻作家和批评家都倾向于认为威尔斯描述的隐身术是异想天开。吴岩在《科幻小说失误谈》中引述"隐身人就算

---

[1] 南帆：《文学理论十讲》，福建教育出版社2018年版，第160页。
[2] [加]达科·苏恩文：《科幻小说面面观》绪言，郝琳等译，安徽文艺出版社2011年版，第14页。

只留了张透明的人皮，它也得折射光线"[1]，格里芬不可能随心所欲地隐藏自身。七月把威尔斯隐身术的破绽直接写进了小说《幽灵杀人事件》："二十世纪初，科幻作家威尔斯曾假设通过某种药剂改变人体结构，除掉色素，让人变得透明。但这种设想到现实层面明显无法完成。"[2]刘慈欣对隐身技术存在硬伤表示认同："一个典型的例子就是用身体透明方式来隐形。稍有常识的人都能想到，即使其折射率与空气相同，在现实环境中也不可能隐形，更别提隐形人的视觉问题了。"但他认为这并非威尔斯的疏忽，而恰恰反映出科幻创作的某种特殊逻辑，"威尔斯肯定想到了这些，但他还是把小说写出来了，现在已成经典。在所能见到的对《隐形人》的评论中，很少提到这些硬伤"，"这种硬伤可以看做是科幻作者和读者的一种约定。对于神话来说，那全是约定了，你只有先无条件认同作者写的全部，再去读他的书。对科幻来说，这种约定只是其中的一部分，是为了给那些真正科幻的东西搭一个舞台，如果非要去深

---

[1] 吴岩：《科幻小说失误谈》，载《追忆似水的未来》，湖北科学技术出版社2014年版，第33页。
[2] 七月：《幽灵杀人事件》，载七月著，成追忆编选《像堕天使一样飞翔：七月科幻小说选本》，百花文艺出版社2012年版，第140页。

究就没什么意思了"。[1]"没什么意思"包含了这样的意思：无论是在科技、自然、社会各自的想象向度上，还是在它们的互动关联之间，科幻想象应被允许失误，这是秉持社会历史性解读习惯的读者必要的妥协。毕竟科幻小说能提供某些传统文学力所不逮的想象，人物塑造的弱化似不应当被吹毛求疵。况且，人物形象不够丰满或欠复杂，也不能作为形象塑造成功与否的唯一标准，足智多谋的诸葛亮和一身是胆的赵子龙都是许多读者心中的偶像。

扁形人物是否能与科幻人物塑造相互成就？福斯特对扁形人物的分析影响广泛："扁形人物在17世纪叫作'脾性'；有时叫作类型人物，有时叫作漫画人物。就最纯粹的形态说，扁形人物是围绕着单一的观念或素质塑造的：要是扁形人物身上有一种以上的因素，我们就看出了朝着浑圆人物发展的那条曲线的开端。"[2] 他还指出，"除了《基普斯》中的主人公基普斯和《托诺·邦盖》中的那个叔母可能是例外，威尔斯作品中

---

[1] 刘慈欣：《无奈的和美丽的错误》，载《最糟的宇宙，最好的地球——刘慈欣科幻评论随笔集》，四川科学技术出版社2015年版，第39—40页。
[2] ［英］爱·福斯特：《小说面面观》，方土人译，载［英］珀·卢伯克、爱·福斯特、爱·缪尔《小说美学经典三种》，方土人、罗婉华译，上海文艺出版社1990年版，第255页。

所有人物都象照片那样扁形"[1]。格里芬自然应归到扁形人物当中。然而，扁形人物和浑圆人物并不是人物塑造失败或成功的代名词。"即使是在现实主义文学形式中，主人公在艺术上的成功并不取决于作者是否吸纳了某种定型人物类型，而取决于作者如何重新塑造这一类型的人物，使之成为在全部情节中发挥其作用的、令人信服的个体。"[2] 华莱士·马丁举例说明，"哈克·芬可以被公平地称为扁形人物"，可"如果哈克是圆形人物（即浑圆人物——引者注），那么美国文学将得到一个稍微有趣一点的人物，却会失去一个世界"[3]。将格里芬的形象视为如同他所发明的隐身术一样"隐身"，将科幻核心人物等同于衣衫褴褛、醉酒醺醺的广告商的类型，这样的评判标准是否就是不刊之论？历史为文学人物的发展持续提供能量，没有永远不变的终极意义上的文学标准。正如汉赋的评判标准不能平移于宋词，现实主义文学的评价标准平移到科幻人物塑造上，需

---

[1] ［英］爱·福斯特:《小说面面观》, 方土人译, 载［英］珀·卢伯克、爱·福斯特、爱·缪尔《小说美学经典三种》, 方土人、罗婉华译, 上海文艺出版社1990年版, 第259页。
[2] ［美］M. H. 艾布拉姆斯:《文学术语词典》, 吴松江等编译, 北京大学出版社2009年版, 第597页。
[3] ［美］华莱士·马丁:《当代叙事学》, 伍晓明译, 中国人民大学出版社2018年版, 第122页。

要做出哪些方面的承继或调整？福斯特发现扁形人物有一个很大的优越性，"他们决不需要反复介绍，决不会失去控制，用不着你密切注意他们的发展"[1]，这对可能需要重构自然或社会环境的科幻想象分配叙事资源而言是极大的便利。以牺牲人物的复杂性为代价，必然要在其他方面得到美学补偿。马丁认为这种补偿正落在人物与其所处环境的联系上，而想象出的人物与世界的相互作用将具有超越扁形人物和浑圆人物的新标准："根据人物是静态的还是能够变化的而将人物区分为'扁形的'和'圆形的'（即浑圆的——引者注）这一做法，也可以让位于一个更有伸缩力的概念：人物与虚构世界的相互作用……对于那些不能提供新观点的扁形人物来说，使他们有趣的经常正是他们与其置身于内的那一现实的复杂的、不可避免的联系。"[2] 参与科技、自然、社会之间，或是社会关系、知识话语、文学叙事之间的关联和复杂互动，是科幻想象中扁形人物增加自身魅力的方式。或许"隐身人"所反映出的多重社会关系及

1　[英] 爱·福斯特：《小说面面观》，方土人译，载 [英] 珀·卢伯克、爱·福斯特、爱·缪尔《小说美学经典三种》，方土人、罗婉华译，上海文艺出版社1990年版，第256页。
2　[美] 华莱士·马丁：《当代叙事学》，伍晓明译，中国人民大学出版社2018年版，第122页。

其变化的可能性，才是他被反复讲述的关键。

科幻作家因此可以赋予某些特殊因素以更重的社会历史分量，从而在重构社会形态的过程中塑造不一样的人物，或者说，通过人物展现这种社会环境重构的过程。外星文明带来的生存威胁、不明之疫渲染出的死亡恐慌、数字虚拟社会造成的身份迷茫，都是科幻英雄横空出世的常用背景。科幻人物与其所置身的新图景能否相融洽，直接影响到人物塑造的效果。詹姆逊注意到科幻小说中存在一种可命名为"拼贴画"的组织机制，"它把从截然不同的来源和背景中摘取出来的元素——这些元素大多来自于古老的文学样式，它们是过时的旧体裁或新的媒体生产的碎片——放在一起，形成了一种不稳定的共存状态"，造成了截然不同的两种效果，最好的效果是"实行在我们自己的体裁宽容性之上的疏离作用"，最坏的效果是"将一切现成在手的关系形成一种不可救药的拼凑"。[1]"拼贴画"的组织机制同样适用于分析科幻人物与其所处的社会关系想象。某些科

---

1 ［美］弗里德里克·詹姆逊：《未来考古学：乌托邦欲望和其他科幻小说》，吴静译，译林出版社2014年版，第347页。

幻想象对特定元素的强调明显超出了系统内部诸元素间相互关联的张力限度，就像占人脸部面积一半的眼睛反而引发不适。假设将人物的年龄或相貌作为社会背景变化的支点，那么能否实现科幻人物与其置身的诸种社会关系之间的和谐？《青年世代》和《颜值战争》等作品的表现还缺乏足够的说服力。《青年世代》翻转了传统社会的年龄秩序，年轻人取代年长者成为社会的统治者。小说宣称，通过将政治权力完全赋予青年，从根本上解决了生产力输出与所获利益不对称这一矛盾。[1]可这种权力结构的重建难以解决自身产生的矛盾：与年龄相关的绝非仅有经济生产，个体的能力、资历、经验乃至认同的获得等因素大体上都与年龄成正比，它们是权力的重要构件。在青年彻底主导权力运行的社会中，当权者的明天注定没有希望，人物形象如何在这种想象建构的世界中扎根？同样的问题也存在于《颜值战争》中，尽管相貌的美丑可能与生态污染、人工智能异化等主题相关，但没有什么证据可以有力地表明，解决生态或人工智能问题非得要以颜值为钥匙。更漂亮、更

---

1 参见李佳蓬《青年世代》，上海文艺出版社2021年版，第30、31页。

年轻的人希望更多地吸引科幻想象的注意,"如果你丑,活该去死"的宣言和丑姑娘逆袭的套路[1],反映出浓郁的大众文化的欲望诉求。

"隐身人"在作为小说主题的个体认同和作为小说要素的人物塑造之间搭建起紧密连接,也始终追问着何为科幻人物塑造的理想状态。在科幻想象中,科技、自然、社会三者之间,社会关系、知识话语、文学叙事之间,都形成犹如"三体运动"般复杂难测的关系。尤其是科幻小说在宇宙尺度上改造客观时,科幻人物的塑造要在这些因素的相互运动中寻找有规律的现实轨迹,挑战始终未曾止息。在人的情感、身体、认知、伦理都面临飞速发展的科学技术的沁入和改造时,科幻小说能否建立起自身专属的人物想象机制和评价体系,实际上也是关乎文学性未来的问题。"人"在未来是否会趋于隐没?探讨和判断将在众多维度展开。科幻小说"必将澄清那些至今依然被神秘化和被遮蔽着的人类关系","科幻小说,在最好的情况下,使得'人生产人'成为了可能,

---

[1] 参见陈瑜《颜值战争》,辽宁人民出版社2019年版,第2页。

并且是以一种强有力的、不可仿效的方式"。[1] 这是托付给未来科幻人物的希望。

（原刊《文艺研究》2023年第11期）

---

1 [加]达科·苏恩文:《科幻小说面面观》, 郝琳等译, 安徽文艺出版社2011年版, 第32页。